KB083889

Bubbledia's Unsung Story

버블디아's

# 부르지 못한 이야기

# Bubbledia's Unsung Story

버블디아's 부르지 못한 이야기

너와숲

# Prologue _

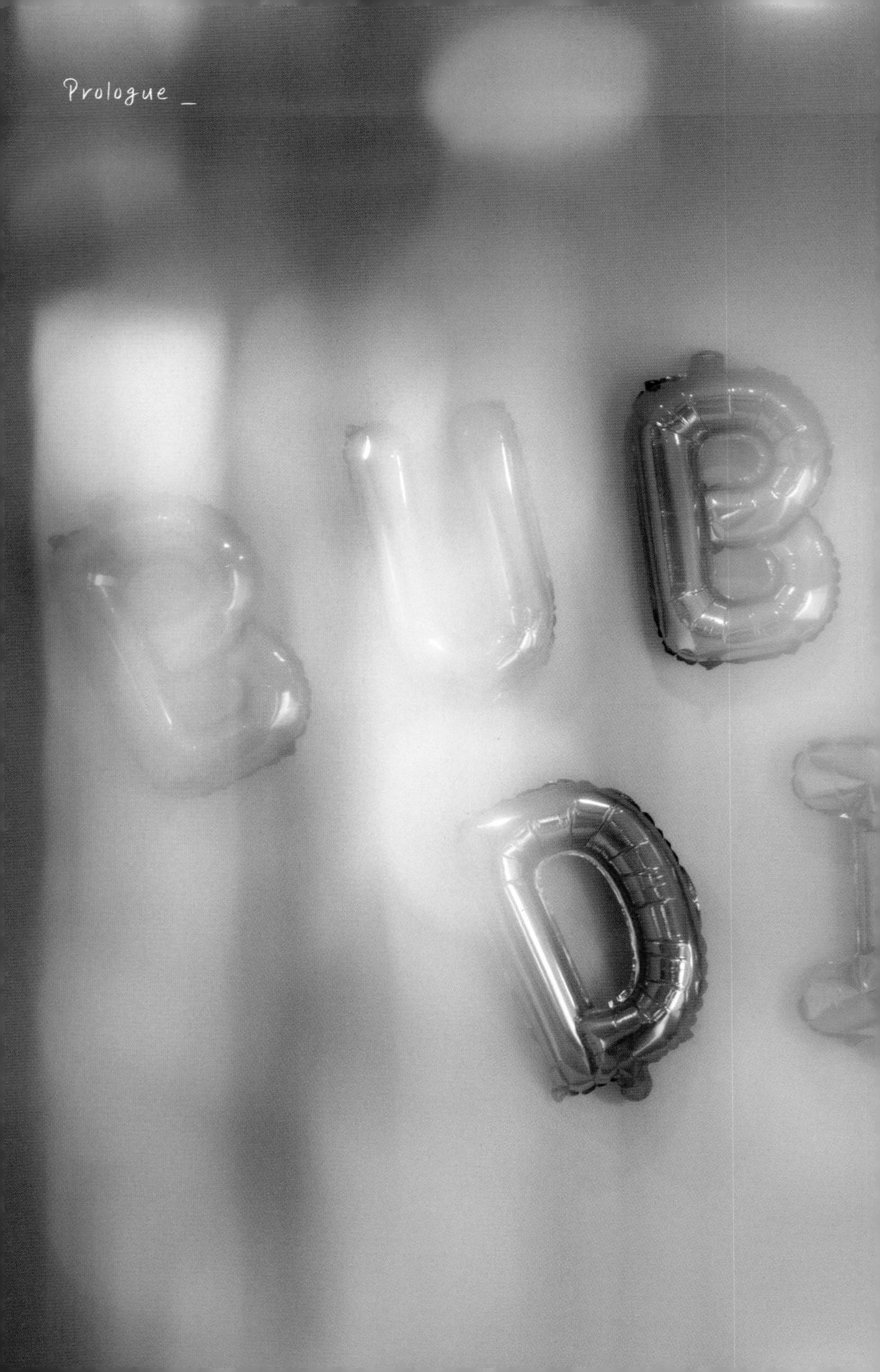

나를
만든 건
꾸준함과
성실함이다.
곧 …
꾸준함과 성실함은
나의
무기다.

# Contents

Part 3

# 혼자일 때 비로소 보이는 것들

Part 4

# 포기하려는 순간, 길은 또다시 열린다

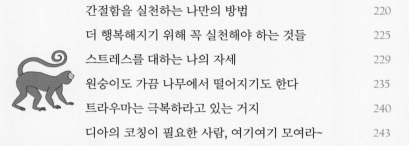

Part 5

# 👆 100만 구독자가 인정했다! 버블디아의 인기 발성 베스트 5 ▶

Part 1    아주 사적인 이야기

1

나이의 숫자가 늘어나면서 모든 것이 골고루
변했지만, 난 기쁨이 많은 사람이고, 사랑에 대해서는
특히 누굴 좋아하면 투명하게 티 내는 태도에는
변함이 없다. 철이 들지 않았음 또한 달라지지
않았으니 그 또한 마음에 든다.

2

평소의 나는 어디에 가서도 튀지 않는 평범한 것을
즐기는 편이다. 털털한 스타일을 좋아하거든.
무채색 계열의 티셔츠와 청바지를 입고 가방은
에코백을 즐겨 든다. 그리고 얼굴을 최대한 가리느라
챙이 있는 큰 모자를 착용하면 나의 외출룩 완성!
특히 나는 모자를 즐겨 쓴다.

3

친구들은 우리의 만남을 노골적으로 반대했다. 그도
그럴 것이 그는 모든 사람들에게 인기가 많았고,
매너도 좋았다. 누구하고나 잘 어울리고, 아주
당당하고 자유로웠다. 거기다 수려한 외모는 기본.
노래와 춤 실력은 막강했다. 그런 그가 나랑 함께
주인공이 된 이후, 모든 에너지를 나에게만 쏟았다.

4

나는 오랫동안 목의 통증과 피부 발진을 달고 살았어.
증상이 심한 날엔 미미한 호흡곤란이 동반되기도
했고. 수차례 병원 진료에도 그 원인을 알 수 없었지.
그렇게 지내던 어느 날, 원인이 밝혀졌어.

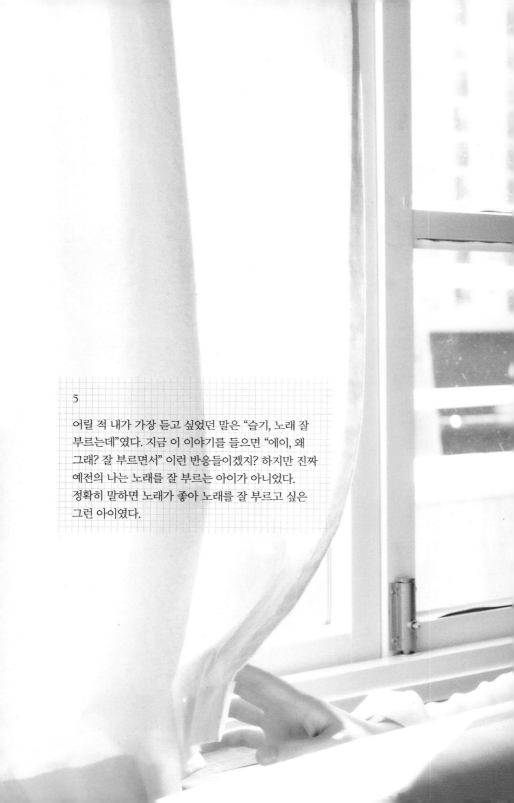

5

어릴 적 내가 가장 듣고 싶었던 말은 "슬기, 노래 잘
부르는데"였다. 지금 이 이야기를 들으면 "에이, 왜
그래? 잘 부르면서" 이런 반응들이겠지? 하지만 진짜
예전의 나는 노래를 잘 부르는 아이가 아니었다.
정확히 말하면 노래가 좋아 노래를 잘 부르고 싶은
그런 아이였다.

6

언제나 웃는 얼굴을 해야 하고, 늘 활기 넘쳤지만,
마음고생이 얼마나 심한지 몰래 울고 또 울었다.
꾸역꾸역 눈물이 치밀어 올랐고, 그럴 때마다 나는
더 열심히 노래를 불렀어. 노래를 불러야 숨을 쉴 수
있을 것 같은 시간들이었으니까.

7

가끔 내 안에 잠들어 있던 걱정 인형이 불쑥
튀어나온다. 물론 주변에서 이 정도면 성공한 거
아니냐고, 욕심이 많은 거 아니냐고들 하지만
성공이란 게 뭔데? 여전히 나는 목마르다. 아직
이뤄야 할 것들이 많다. 그래서 나는 늘 계획을
세운다.

## 각 잡고
## 그려보는
## 나의
## 초상화

내 이야기를 이렇게 와르르 쏟아놓으면 누군가는 그러겠지.

"유튜브 크리에이터? 창작자라는 거야?"

둘 다 틀린 말은 아니다.

나는 인터넷 구독자 수 약 250만 명국내 채널 156만 명, 해외 채널 96.6만 명의 방송인이며 가수이니까.

만약 나를 처음 보았다면 얼굴과 몸집이 작아서 한 번, 나이에 비해 어려 보여서 한 번, 도도할 것 같지만 반전 넘치는 털털함에 또 한 번, 그리고 생각보다 작은 키에 또 한 번 놀랄 것이다. 그리고 웃는 모습이 예쁘다는 말을 종종 듣는다. (그래, 얼굴이 아니라 미소. 미소는 예쁠 수 있잖아) 그런데 얼마 전 까탈스럽기로 소문난 KBS에서 일하는 방송작가를 한 분 만났는데, 그녀가 나를 힐끔 보더니 그랬다.

"목소리가 참 좋네. 마음을 편안하게 하는 마력이 있어."

"눈동자가 또랑또랑하고, 청순하고 예뻐!"

칭찬의 위력이 얼마나 대단한지 낯선 분위기가 눈 녹듯 사라지고, 금방 가까워진 느낌.

나는 칭찬이 참 좋다. 칭찬을 들으면 따사로운 햇살처럼 그게 영양분이 되어 자존감이 높아지는 거야. 그런데 이게 나만 그런 걸까? 난 아니라고 본다. 오죽하면 칭찬은 고래까지 춤추게 한다고 했겠는가?

누군가를 처음 만나 상대방의 장점을 찾아내 기분 좋게 할 수 있는 경지에 올랐다면 그 사람은 분명 성공했을 터. (알고 보니 그 작가는 60대로, 지금도 후배들에게 존경받는 분이었다)

그날 하루 종일 내 입가엔 기분 좋은 미소가 떠나지 않았다. 그리고 집에 돌아와 콧대가 약간 높아져서 바라본 거울에 비친 내 모습은… 이마, 눈, 코, 입술. 제법 매력 있는 얼굴이다.

생각해보면 소녀와 여인의 느낌이 동시에 담겨 있던 스무 살 때 내 눈은 지금보다 더 맑고 초롱초롱했지만 표정이나 얼굴 전체의 안정감은 지금보다 덜했다. 세월이 꽤 흘렀구나 싶지만, 얼굴 하나로 버블디아다움을 말할 수 있는 지금이 난 좋다. 조금은 부드러워진 것도, 유튜브에서 마음 약함을 자주 들키게 되는 솔직한 내 눈의 표정도 마음에 든다.

나이의 숫자가 늘어나면서 모든 것이 골고루 변했지만, 난 여전히 기쁨이 많은 사람이고 사랑에 대해서는, 특히 누굴 좋아하게 되면 투명하게 티 내는 태도에도 변함이 없다. 철들지 않았음 또한 달라지지 않았으니 그 또한 마음에 든다.


버블디아Bubbledia는 '버블리톡톡 튄다'와 '리디아본명'를 합성해서 만든 닉네임으로, 뮤직 크리에이터를 시작하면서 갖게 된 이름이다. 벌써 8년 넘게 나와 동고동락하며 얼마나 친숙해졌는지, 내 얼굴과 버블디아는 많

이도 닮아 있다. 얼굴만 이름을 따라가는 것이 아니라 성격과 환경과 머리와 능력도 이름처럼 되어가는 듯, 진정 난 버블디아가 되어가고 있다.

어느 날, 버블디아라는 내 이름의 이미지는 어떤지 팬들에게 물어보았다.

"노래 잘 부르는 사람, 목소리 좋은 사람, 예쁜 사람, 유쾌하게 만드는 사람이요."

그렇다면 내가 이름값은 하고 있는 거구나.


나는 이름 부자다. 버블디아 말고도 두 개의 이름이 더 있다. '리디아'라고 미국에서 쓰던 이름이 있고, 아빠 엄마가 지어준 '슬기'라는 본명이 있다. 내 본명은 안슬기다. 난 내 명예와 평판을 담고 있는 그릇인 이름의 비밀이 궁금해져 아빠에게 물었다.

"아빠, 내 이름은 왜 슬기야?"

"슬기롭게 살라고."

"좀 더 멋지고 깊은 뜻은 없어?"

"슬기라는 이름은 지혜라는 뜻의 순우리말을 사용해서 지은 거야. 얼마나 좋니?"

어떤 존재의 의미를 설명하는 동시에 그 존재를 완성시켜주는 이름. 나는 내 이름의 단순함에 약간의 실망감도 들었지만 '뭐 어때. 단순하지만 명료하네'라고 생각하게 되었다. 그리고 이름이 얼마나 중요한지 시인 김춘수 선생님이 쓴 <꽃>이라는 시를 떠올리며 다시 한번 생각해볼 수 있었다.


내가 그의 이름을 불러주기 전에는

그는 다만

하나의 몸짓에 지나지 않았다.

내가 그의 이름을 불러주었을 때
그는 나에게로 와서
꽃이 되었다.

《꽃의 소묘》라는 시집에 수록되어 있는 <꽃>이라는 이 시가 나는 참 좋다. 그리고 공감이 간다. 이 글을 쓴 시인은, 세상에 존재하는 모든 사물에 붙은 이름들이 제대로 붙여진 것인지 의문을 가지고 있었고, 이에 대해 끈질기게 탐구하다가 이 시를 썼다고 한다.

생각해보면 우린 누구나 누군가의 꽃이 되고 싶어 한다. 또 모두 무엇이 되고 싶어 한다. 너는 나에게, 나는 너에게 잊히지 않는 하나의 눈짓이 되고 싶어 한다. 특히 나 버블디아는….

사람은 이름대로 산다고 하지 않던가?

'안슬기Seul Gi An, 리디아 안Lydia Ahn, 버블디아Bubbledia.'

나는 내 이름들을 되뇌어봤다. 나는 과연 내 이름으로 제대로 잘 살고 있는 건가?

눈을 감는다. 그런데 눈을 감고 보니, 순간 눈꺼풀 아래서 아지랑이가 피어난다. 노랗고 하얀 빛이 마치 요정처럼 이리저리 움직인다. 빛을 따라가다 보니 마치 팅커벨을 따라가는 피터팬처럼, 순간 나는 어린 시절로 날아간다.

"안슬기!"

"네, 엄…마… 아니, 선생님!"

그래, 맞아. 유치원생인 나는 엄마를 선생님이라고 불렀어. 그도 그럴

것이 아빠는 경기도 군포에 있는 교회의 목사로 계셨고, 엄마는 그 교회 안에서 유치원을 운영하셨어. 그러다 보니 나는 누구누구의 딸이라기보다는 60~70명 원생 중 한 명이었어.

"유치원에서는 꼭 선생님이라고 불러야 한다. 알았지?"

난 고개를 끄덕였지만, 엄마를 엄마라고 부를 수 없다는 걸 이해할 수 없어 자꾸 어깨가 내려앉았다. 그런데 그것뿐이 아니었어. 아직은 어린 내가 혼자서 해야 할 일들이 너무 많았어. 밥을 먹는 일도, 유치원에 가는 일도, 집으로 돌아오는 일도… 난 혼자였다.

어느 날 현관문을 열고 들어가는데 배 속에서 꼬르륵, 신호가 왔다. 집 안에 아무도 없는 허전함이 어린 내 배 속의 허기보다 더 심하게 밀려오는 거야. 그 허전함이 허기까지 싹 쓸어가버렸어. 마치 모래사장에 써 놓은 글씨가 밀려오는 파도에 고스란히 사라져버리듯이. 그때는 정말 그랬어.

그리고 마음속에서 부글부글 솟아오르던 외톨이라는 생각에 정점이 된 사건은 크리스마스에 일어났다.

"여러분! 메리 크리스마스~ 드디어 기다리고 기다리던 크리스마스가 다가오고 있어요. 그래서 말인데, 내일은 부모님과 함께 유치원에 오는 거 알지요?"

"네, 선생님!"

우리 모두는 큰 소리로 대답했다.

"엄마께 꼭 선물 준비해달라고 부탁드려야 해요. 여러분에게 줄 크리스마스 선물!"

"네~"

엄마에게 받는 크리스마스 선물. 그게 나도 가능할까? 엄마는 내 엄마인 동시에 유치원 선생님인데 과연 내 선물을 준비하실까? 내가 받고

싶어 하는 크리스마스 선물을 엄마는 알고나 계실까? 그때 나는 분명 엄마를 믿지 않았던 것 같다. 그래서 아주 앙큼하고 기발한 아이디어를 생각해냈다.

"슈퍼마켓 할머니! 맨날 나보고 예쁘다고 하셨잖아요. 할머니! 오늘 우리 유치원 행사에 와주시면 안 돼요? 네? 네?"

"그러니까 천 원으로 초코파이를 사 들고 와서 너에게 크리스마스 선물로 주라고?"

"네, 우리 유치원에서 크리스마스 행사를 하는데, 꼭 와주세요."

"아니, 네 엄마가 유치원 선생인데 왜 나보고 오라고 하는 거냐?"

"아무리 생각해도 저에게는 그 누구도 선물을 줄 것 같지 않아서요."

"아이고 고 녀석, 엉뚱하기는….."

"와주시는 거죠, 할머니?"

"그래, 알았어. 알았다니까."

창문을 통과한 따사로운 햇살은 벌써부터 유치원 안으로 놀러와 있었고, 내 가슴은 자꾸 뭉클뭉클 설레고 있었다.

'바쁘신 할머니가 정말 와주실까?'

그때였어. 할머니는 쑥스러운 얼굴로 긴 편지와 함께 초코파이가 아닌 아주 예쁜 인형을 선물해주시더니 그냥 가시려고 하는 거야.

"할머니! 가지 마세요."

내가 할머니의 치맛자락을 붙들며 조르자 얼굴이 약간 붉어지며 수줍은 듯 말씀하셨어.

"애야! 할미, 가게 문 안 닫고 왔는데?"

"할머니!"

"아이고 그래. 그래, 알았다. 알았어."

나는 힘이 불끈불끈 솟았어. 누군가 내 편이 있다는 게 마음이 든든

했거든. 그날, 우리는 캐럴을 들으면서 크리스마스를 즐겁게 지냈어. 우리린 같은 팀이었으니까. 돌이켜보면 그 할머니는 세상이 얼마나 따뜻한지 내게 알려주신 고마운 분이야. 그해의 크리스마스는 영원히 잊지 못할 멋진 추억으로 기억되고 있어.

지금 생각해보면 유치원에 다닐 땐 혼자인 시간이 많아서 외롭기도 했지만, 덕분에 호기심이 많아진 것 같아. 또 혼자여서 느끼는 불편함을 극복했고 독립적인 자아가 생겼지. 그리고 작은 따뜻함에도 웃을 줄 아는 사람이 되었으니 감사한 일이야.

미국 매사추세츠주 보스턴에 있는 보스턴 음대 뮤지컬학부를 졸업한 내 이력을 보고, 가끔 아버지와 어머니의 교육열에 관한 질문을 받을 때가 있다.

"버블디아 님은 학원을 몇 군데나 다녔어요? 레슨은 유명한 교수님한테 받았지요? 부모님이 부자이신가 봐요, 엄청 투자를 많이 해주신 걸 보면요…."

교육열이 뜨거운 분들은 그렇게 생각할 게 분명하지만 그런데 어쩌나. 우리 부모님의 교육열은 한국의 교육열로 보자면 중하 정도. 결정적으로 우리 집은 내가 어렸을 때부터 경제적으로 풍족한 편이 아니었다.

부모님이 맞벌이로 돈을 버는데도 왜 항상 힘들까? 궁금하긴 했지만, 불평하지는 않았다. 당연히 교육에 투자할 만큼의 경제적 여유가 우리 부모님에게는 없었다. 그리고 그다음은 식상한 스토리다. 나는 친구들이 학원에서 레슨을 받을 때, 무조건 공짜로 받을 수 있는 곳을 찾아다녔다. 기웃기웃, 기웃거리길 좋아하기도 했다. '두드려라! 문은 두드리는 자에게 열린다'라는 말은 진짜 맞는 말이다. 나는 그렇게 배워서 공부를 마쳤으니까.

초등학교 시절, 독립적이고 적극적인 나의 성향이 더욱 빛을 발했다. 나는 이민을 떠나기 전까지 학급 임원을 놓친 적이 없다. 그때만 해도 추천을 받아 그 자리에서 투표로 당락이 결정되는 상황이었다. 반장 후보로 추천을 받으면 거의 정해져 있다시피 한 말로 자신의 포부를 발표했다. 이를테면 이런 식이다.

"제가 반장에 출마한 이유는 좀 더 활기찬 학교를 만들기 위해서입니다. 또한 우리 반이 공부도 일 등! 학우 간의 우애도 일 등! 선생님과의 관계도 일 등! 모든 면에서 다른 반에 비해 모범적인 반, 뛰어난 반이 되도록 하겠습니다!"

요즘 초등학교의 화려한 선거와는 너무나도 차이가 나는 단순한 선거였지만, 당선되기 위해 난 최선을 다했다. 친구들과 어울리는 것을 좋아했고, 친구들을 독려해서 함께하는 일들이 재밌고 좋았거든. 내 생각과 의견을 친구들이 따라주는 것도 즐거운 일이었어. 특히 친구들의 이야기를 듣는 것을 좋아했고, 친구들의 고민을 해결해주고 나면 그렇게 기분이 좋을 수 없더라고.

그 시절 내 별명은 '힘녀', '장사'. 키가 156cm 정도로 당시로선 제법 큰 편이었지만, 체구가 아주 큰 편은 아니었다. 하지만 나는 힘이 셌다. 특히 팔 힘이 셌다.

나는 학교에서 남자 친구들을 포함해 그 누구와도 팔씨름을 해서 져본 기억이 없거든. 그래서 그런지 친구들 사이에서 인기가 많았다. 성격 좋은 친구, 활발한 성격으로 장난도 잘 받아주는 유쾌한 친구였다. 아마 내가 그곳에서 오래 살았다면 분명 골목대장이 되었을 거야.

한마디 더. 나는 어른이 되면 키가 더 클 줄 알았어. 하지만 내 성장판이 그렇게 급하게 닫힐 줄이야. 엄마는 지금도 한 번씩 농담 반 진담 반으로 나에게 이야기한다.

"쯔쯔쯔, 짧아. 좀 짧아. 아쉬워. 아쉬워."

나는 초등학교 5학년을 마치고 미국으로 이민을 갔다. 그 이후 대학까지 미국에서 다니고, 20대 중반에 한국으로 돌아왔다. 그리고 지금, 나는 30대가 되었다. 30대 중반. 누군가에겐 아직 어리다는 이야기를 듣기도 하고, 누군가에겐 먹을 만큼 먹었다는 소리를 듣기도 한다.

나이는 참 아이러니한 존재다.

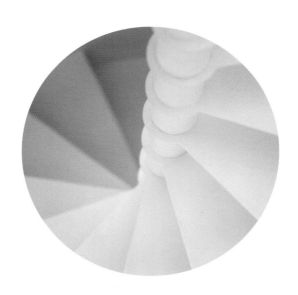

# 야구모자의
# 진실

내 공간 안에서 유독 자리싸움이 치열한 곳이 있다. 내 옷장 속 이야기다. 옷장을 들여다보면 일단 하의보다는 상의가 훨씬 더 많다. 왜냐하면 유튜브 화면엔 상반신만 나오니까. 분홍, 노랑, 빨강…. 원색 세상이다. 왜냐고? 화면에 더 예쁘게 나오니까.

빈틈없이 빽빽하게 걸린 옷들은 치열하게 보낸 나의 지난 8년을 대변하는 증거품과 같다. 그래서 가장 버블디아스러운 공간이기도 하고.

하지만 평소의 나는 어디 가서도 튀지 않는 평범한 것을 즐기는 편이다. 그리고 털털한 스타일을 좋아하거든. 무채색 계열의 티셔츠와 청바지를 입고 가방은 에코백을 즐겨 든다. 그리고 얼굴을 최대한 가리느라 챙이 있는 큰 모자를 착용하면 나의 외출룩 완성! 특히 나는 모자를 즐겨 쓴다.

"모자 모으기가 취미신가요?"

취미까지는 아니어도 나는 모자를 좋아한다. 그런데 이렇게 모자를 좋아하게 된 것은 뜻밖에 일어난 작은 사건 때문이다. 그날은 창문을 통해 햇살이 유난히 집 안으로 쏟아져 들어왔다. 눈이 부셔서 절로 얼굴이 찌푸려졌지. 그러다 잠에서 깼다. 창문으로 들어오는 햇살과 그림자가 집 안 가득 펼쳐지는 순간, 커피 생각이 간절한 거야….

'아, 커피. 집 앞 커피숍으로 가자.'

잠이 덜 깬 상태에서 옷을 대충 챙겨 입고 집을 나선 나는 두리번거리며 주변을 살폈어. 물론 평소 나를 알아보는 사람은 별로 없지만, 이렇게 노메이크업 무방비로 나온 날은 신경이 곤두선다. 다행히 횡단보도 앞에서 신호를 기다리는 커플 말고는 길에 사람이 없었어. 나도 모르게 신경이 두 사람에게로 쏠렸지. 그런데 마침 커플의 남자 친구가 유튜버 이야기를 꺼내는 거야. '유튜버?' 유튜버란 소리에 나도 모르게 고개를 돌렸어. 100프로 직업병이지.

똑딱, 똑딱, 딱 2초. 그 짧은 순간, 우리는 마치 코믹 만화의 한 장면처럼 눈이 마주쳤고, 상대의 눈은 커다랗게 벌어졌어. 이건 분명 나를 알아봤다는 신체 신호 아닌가?

"어, 버블디아?"

"아, 절, 절대 나는 아닌데…."

아뿔싸! 강한 부정은 그냥 인정이잖아. 얼굴이 금세 화끈거렸어.

'어? 내 꼴이?'

아직도 잠이 덜 깬 엉성한 눈에 머리는 산발? 다행히 신호가 바뀌어 나는 커피숍으로 도망치듯 들어갔어. 그리고 서둘러 커피를 주문하려는데, 이번엔 직원이 나를 알아본 거야.

"버블디아 님이다!"

그 한마디에 주변의 시선들이 나에게 쏠렸다. 나는 절레절레 고개를

내저었다. 엎친 데 덮친 격, 산 넘어 산. 극한 상황이었지만 적어도 약간의 품위라도 지켜야 했어. 그런데 나는 너무나 당황한 나머지 도망치듯 커피숍을 뛰어나왔어.

'아, 뭐야? 날 알아봤는데 인사라도 건넬걸.'

'오늘 커피를 사러 나오지 말았어야 했어.'

그렇게 뜨거운 시선을 받은 날 이후, 나는 모자를 쓰기로 결심했다.

처음 모자를 살 때만 해도 나에게 모자란 자연의 환경 조건, 즉 햇빛이나 바람, 추위나 더위에 대비하기 위함이 결코 아니었다. 단지 내 모습을 조금이라도 숨기기 위한 수단이었다. 그러나 모자는 고맙게도 직사광선이나 자외선을 차단해주는 것은 말할 것도 없고, 보습을 유지해주는 엄청난 효과를 가지고 있었다. 게다가 모자는….

나는 점점 모자에 푹 빠졌다. 슬기롭고 맵시 있는 옷 생활에 모자는 필수가 되어갔다. 베레모, 비니, 야구모자….

겨울이면 방송을 할 때도 나는 비니를 쓴다. 다들 알겠지만 비니beanie 또는 니트 캡Knit cap은 머리에 푹 달라붙게 뒤집어쓰는 모자다. 원래 18세기 이후 선원, 낚시꾼, 사냥꾼 등 야외에서 근무하는 사람들이 사용했다는 헤드기어 형태인데, 나는 비니가 좋다.

그러나 또 다른 내 이름 안슬기의 스타일링에서 빼놓을 수 없는 필수 아이템은 야구모자다. 드러내놓고 할 소리는 아니지만, 혹시 머리를 감지 않은 날에도 야구모자 하나면 꼬질꼬질함을 효과적으로 가릴 수 있다. 머리를 묶더라도 모자를 쓰는 게 곧잘 어울리기 때문에 즐겨 찾는 아이템이다. 거기다 어제 입은 옷을 오늘 또 입어도 모자 하나만으로 확실히 다른 느낌을 줄 수 있다. 아침에 침대에서 벌떡 일어나 등원룩이 필요할 때, 모자 하나면 열 화장품 안 부럽다.

나는 가끔 모자를 쓴 거울 속 나를 보며 말을 건넨다.

"좋은데! 새로운데! 예쁜데! 로맨틱하고 말랑말랑하잖아!"

모자는 챙이 길수록 여성스러운 옷차림에 어울리고 챙의 경사가 완만하고 챙의 길이가 짧을수록 경쾌한 느낌을 준다. 굳이 구분한다면, 나를 감추기에 좋은 것은 챙이 긴 모자고, 평소 즐겨 입는 캐주얼 차림에 잘 어울리는 것은 야구모자다. 이렇게 모자만 잘 선택해도 그날 스타일 좋다는 소리를 여러 번 들을 수 있다.

무엇보다 모자를 눌러쓰면 마음이 편안해진다. 불안했던 마음이 점점 사라진다. 그런데 사람들은 대개 이런 불안 증상을 휴대폰 때문에 경험한다고 한다. 휴대폰 분리불안? 그러니까 휴대폰이 근처에 없으면 불안이나 두려움을 느끼는 증상으로, 그래서 사람들이 휴대폰을 늘 끼고 사는 것이다. 언젠가 대학생을 대상으로 실시한 연구에 따르면, 휴대폰이 없으면 수업에서의 산만함, 불안 증가, 단기 기억력 저하 같은 '주의부족'이 습관화되고 일상화된다고 한다. 휴대폰이 없으면 어떤 메시지나 전화가 왔을까 생각하느라 주의가 산만해질 수 있다는데, 그럼 나는 모자 분리불안인가? 그럴지도.

누군가 나에게 "무인도에 갈 때 뭐 가지고 갈래?"라고 묻는다면 나는 주저 없이 모자를 고를 것 같다. 휴대폰 없는 무인도는 괜찮지만, 모자 없이는 글쎄….

# 누구에게나
## 첫,
## 사랑은
## 있다

누군가의 질문을 받고 나서야 비로소 생각하게 되는 것들이 있다. 나에게는 이상형이라는 것이 그렇다. 솔직히 말하면 그동안 이상형이 어떻게 되느냐는 질문을 많이 받았다.

"그러게. 내가 어떤 사람을 좋아하지? 가만, 생각 좀 해볼게."

"맞아, 첫사랑부터 떠올려볼까? 첫사랑?"

첫사랑이 소중한 이유는 아무리 시간이 지나도 변하지 않는 그 느낌 때문일 것이다. 또 '첫'이란 글자만이 가질 수 있는 묘한 매력! '처음'이라는 말은 얼마나 정겨운가? 첫 만남, 풋사랑의 첫 키스는 또 어떤가? 첫 새벽, 첫 정, 첫 걸음, 첫 나들이 등. 아련한 기억이지만 생각만 해도 입가에 열은 미소가 지어지는 어색하고 가슴 시린 순수했던 그 시절.

'그렇다면 내게 첫사랑으로 기억되는 남자 친구는? 그래, 맞아. 고등학교 2학년 때였지.'

그를 처음 만난 것은 봄의 캠퍼스. 우리는 함께 강의를 들었다. 수업 시간에 종종 눈길이 마주치는 사람이었다. 빙긋 웃는 그 친구의 미소가 비눗방울처럼 싱그러웠다. 그 밝은 웃음이 참 좋았다. 약간 긴 머리가 서글픈 느낌을 줄 때도 간혹 있었지만, 그는 대부분 씩씩하고 밝았다.

그런데 어느 날 강의실에 들어서는데 그가 내게 가까이 다가오는 게 아닌가.

"물어볼 게 있어서 그러는데 내 번호 알려줄 테니까, 네 전화번호 좀 줄래?"

나는 못 들은 척 스쳐 갔다. 그는 당황한 것 같았다. 그러나 고개를 돌린 채 내가 작게 웃고 있었음을 그는 아마 몰랐겠지? 사실은 나 역시 함께 듣는 수업을, 그를 볼 수 있는 시간을 기다렸으니까. 다만, 마음을 조금 천천히 들키고 싶었을 뿐.

인연이란 연속되는 우연들로 더 깊어지는 것 같다. 그와 나는 학교 정기 뮤지컬 공연 <그리스Grease>에서 남자 주인공 '대니'와 여자주인공 '샌디'로 다시 만나게 되었다. 십 대들의 이야기를 다룬 이 작품은 뮤지컬, 로맨스, 멜로 드라마로, 미국의 라이델 고등학교를 배경으로 한 두 청소년의 풋풋한 사랑 이야기다. 고등학생인 대니 주코, 그리고 호주 소녀인 샌디 올슨 역으로 만난 우린, 그들이 그려가는 로맨틱한 사랑이 마치 우리의 이야기인 것처럼 가까워지고 있었다.

뮤지컬 연습을 끝내고 집으로 돌아오는데, 그 아이의 목소리가 튀어나왔다.

"리디아!"

"웬일이야?"

"너 내 여자 친구 해줄래?"

"…."

"나, 너에게 관심 있거든…."

나는 웃음을 숨길 수 없었다. 그렇게 그는 너무나 자연스럽게 내 첫 번째 남자 친구가 되었다. 생각해보면 사랑이란 같은 학교에 다닌다든가, 같은 시간 같은 공간에 있었다든가, 자주 부딪친다든가 하는 아주 작은 공통점에서 시작되는 것 같다.

우린 뮤지컬 속 주제곡들을 연습하기 위해 매일 자연스럽게 만났다. <그리스Grease>나 <서머 나이츠Summer Nights>, <유어 더 원 댓 아이 원트 You're the One That I Want>처럼 많이 알려진 곡들보다는 <도즈 매직 체인지 Those Magic Changes>, <뷰티 스쿨 드롭-아웃Beauty School Drop-out> 같은 수록 곡들을 난 더 좋아했다. 우리는 누가 먼저랄 것도 없이 사랑하는 사이가 되어가고 있었다.

그런데 그와 사귀는 동안, 난 여학생들에게 공공의 적이 되어 따가운 눈총을 받아야 했다.

"야, 리디아! 그냥 함께 공연할 뿐이지? 사귀는 것은 아니지?"

"넌 안 되는 거 알지? 네 짝이 아니야. 하루라도 빨리 꿈 깨라."

친구들은 우리의 만남을 노골적으로 반대했다. 그도 그럴 것이 그는 모든 사람에게 인기가 많았고, 매너도 좋았다. 누구하고나 잘 어울리고, 아주 당당하고 자유로웠다. 거기다 수려한 외모는 기본. 노래와 춤 실력은 막강했다. 그런 그가 나랑 함께 주인공이 된 이후, 모든 에너지를 나에게만 쏟았다.

"우리가 함께 연기하려면 더 친해져야 하는 거 알지?"

"…"

난 아무 말도 못 했지만, 마음속으론 쾌재를 불렀다. 잘나서 당당하 겠지만 뻔뻔할 만큼 유쾌한 그는 내게 너무나 친절했다. 사랑받고 있다 는 확신. 그것은 분명 나를 성장하게 했다.

나는 점점 더 많은 친구에게 부러움의 대상이 되어갔다. 한편으론 착각하지 말라는 친구들의 말을 들으며 그저 친구들의 질투일 거라 생각했다. 그런데 이상하게도 자꾸 불안한 생각이 들긴 했다.

'아냐…. 쓸데없는 생각일 거야. 그냥 사랑만 하자.'

하지만 설렘과 동시에 약간의 불안함을 내포한 내 첫사랑은 오래가지 못했다. 하필 그날 나는 남자 친구의 집에 조금 일찍 도착했다.

'아니야…. 아니지? 내 남자 친구가 아닐 거야.'

내 눈앞에선 정말 믿고 싶지 않은 일이 벌어지고 있었다. 내 남자 친구가 동성 친구와 키스를 하고 있는 게 아닌가? 그것도 아주 뜨겁게…. 심장이 쿵쾅쿵쾅 뛰기 시작했다. 나는 긴장하면 심장이 유난히 더 뛰곤 한다. 숨이 멎을 것만 같았다.

"거기서 뭐하는 거야, 너희?"

몹시 당황한 나는 그를 매섭게 쳐다보았다. 갑작스러운 내 등장에 그는 잠깐 긴장하는 것 같았다.

"리디아! 어서 와."

"아니, 너 도대체 뭐야?"

나는 실망한 표정을 감추지 못했다. 아니, 실망이 아닌 절망이었다. 그는 그제야 자기가 무슨 실수를 저질렀는지 깨달은 것 같았다. 하지만 미안함을 표현하는 그의 방식은 서툴기만 했다.

"리디아, 그게 그러니까…."

"이 광경을 어떻게 설명할 거니?"

"그러니까… 내 이야기는…."

무슨 변명이 필요하겠는가? 현장을 목격했는데. 처음엔 믿고 싶지 않았다. 그동안 그토록 섬세하고 부드럽고 감미롭던 그 친구의 목소리가 이젠 가식처럼 들렸다.

"네가 그런 아이인 줄 정말 몰랐어. 이런 네 모습을 보게 되다니."

"리디아! 난 모든 것이 완벽해."

"완벽해서 남자가 만나고 싶어졌다는 거니? 혹시 그런 거 아니니? 여자와 만났더니 그게 아니더라. 그래서 결국엔 가면을 벗고 사랑하는 남자를 찾는다는 그런 흔한 스토리를 내게 이야기하려는 거야?"

나는 그의 말을 끊고 말했다.

"그래도 리디아 난 너와 헤어지기 싫은데…."

"기가 막혀! 난 아니야."

"네 생각을 바꿀 수 없는 거야?"

"절대로!"

미안하다는 말밖에는 할 말이 없다는 그에게 나는 용서할 수 없다고 말했다. 사랑이 클수록 배신감도 커지는 법이다.

"너는 더 이상 내 남자 친구가 아니야."

"…."

"널 내 남자 친구로 생각하기엔 난 내가 너무 소중하거든."

정말 그랬다. 나는 해야 할 일이 너무 많고, 하고 싶은 일도 너무 많았다. 그냥 없었던 일로 하고 공연이나 하기로 했다. 사랑 따위…, 라고 생각하면서.

그러나 말이 그렇지, 한번 마음속에 들어온 사람을 잊는다는 게 어디 그리 쉬운 일인가.

'아냐. 잊을 수 있어. 잊을 거야. 생각조차 나지 않도록.'

이런 생각을 수없이 하고 또 그를 밀어내려고 했지만, 내 가슴은 멍이 들어갔고, 첫사랑의 상처는 한참 동안 나를 힘들게 했다. 그가 주었던 상처보다 더 큰 상처를 나는 나 스스로에게 주고 있었다. 받고 싶었지만 받지 못한 것들과 반대로 받고 싶지 않았지만 받아야 했던 상처들을 모조

리 떠올리면서, 사랑 따위 믿지 않겠다면서, 그를 밀어냈다. 정말 할 수만 있다면 그를 만나기 전으로 돌아가고 싶었다. 그러나 마음을 추슬르는 것은 맘대로 되지 않더라고….

'제발요. 제발 그를 마음에서 버리게 해주세요.'

화창한 날에도 가슴이 온통 비에 젖어 있는 듯, 우울했다. 창밖에 펼쳐지는 신록의 싱그러움과 아무런 상관없이 우울하고, 우울했다. 난 내가 그 누구보다 야무지고 이성적이고 깔끔하며, 남자에게는 담담하면서도 차가운 그런 여자였으면 좋겠다고 생각했다. 정말 그런 멋진 여자였으면 했지. 그런데 이 또한 그랬으면 좋겠다는 이성적인 생각일 뿐, 허술하게 행동하는 경우가 많았다. 거기다 한 가지 덧붙인다면 감정을 쉽게 드러내지 않는, 말하자면 감정 조절을 잘하는 여성이면 더욱 좋겠다는 생각을 가졌지만, 이 또한 머릿속 이상적인 생각일 뿐, 사랑 앞에서 난 몹시 작아지기만 했다. 누군가 그러지 않았든가. 어차피 사랑한다는 것은 '상처받는 것을 허락'하는 일이라고.

20대가 된 뒤 이상형에 관한 질문을 받기 시작했다.

"이상형이 어떻게 돼?"

"내 이상형?"

이 질문에 가슴이 콩콩 뛰었던 기억이 생생하다. 그런데 누군가를 딱 만났을 때 '아! 바로 이 사람이 내 짝이야!' 이런 감탄사가 가슴 깊은 곳에서 울려 퍼지는 사람, 그런 이상형이란 게 정말 있는 걸까? 나는 내 이상형에 딱 맞는 남자가 분명 어딘가에 있을 거라고 굳게 믿으며 살아가는 타입이다. 뭐 없으면 내가 원하는 모든 것을 꿰맞춰놓으면 그게 내 이상형이 되지 않을까?

분명 20대의 이상형은 순수한 열정이 있다. 대가 없이 청춘을 불태우

게 만든다고나 할까? 사실 나라는 사람도 멋진 이성을 동경하면서 20대를 보냈다. 학교에서 만난 남자, 교회에서 만난 남자 등. 이렇게 인생의 청춘이 찬란히 빛나기 시작하는 20대는 사람이 됐든, 일이 됐든 만남과 이별을 경험하며 성장하는 시기다.

보스턴 음대 시절, 나는 주말이 되면 교회에 갔다. 그곳에서 교회 오빠를 만났다. 바르고 단정하고 상냥한 느낌이 참 좋았다. 무엇보다 마음이 따뜻한 사람이었다. 어학연수로 미국에 잠시 체류 중이었고, 나보다 열 살 많다고 했다. 그런 오빠에게 내가 끌린 건 그의 자신감과 강한 리더십 때문이었다. 교회에서 문제를 해결하고 일을 진행하는 모습이 너무 좋아 보이는 거야. 나는 리더십 강한 사람이 좋다. 그래서 교회 오빠에게 난 특별한 존재가 되고 싶었다. 곁에 있는 것만으로도 안도되는 사람. 조금 솔직하게 말하자면 사랑받고 싶었다. 하지만 교회 오빠는 따뜻했을 뿐, 마음이 잡히지 않아서 답답했다.

그 시절, 난 사랑에 많은 것을 원했던 것은 아니다. 그저 오빠에 대해 궁금한 것이 많아지고, 그래서 물어보고 싶은 것이 많아지고, 자꾸 보고 싶고, 함께 있고 싶고, 손잡고 사랑한다고 말하고 싶고⋯. 하지만 그런 단순하고 쉬울 것 같은 사랑이 나에겐 너무나 어려웠다. 교회 오빠는 아쉽게도 서울로 돌아갔다.

그때 나는 또 깨달았다. 사랑은 결코 눈부신 것이 아니다. 사랑이 나에게 전해주었던 마음속 아름다운 행복이 이별이 되면, 가슴을 저미는 아픔이 된다. 겨울바람처럼 맵다.

'정말 사랑이라는 게 있긴 한 건가? 내게도 사랑이 오긴 할 건가? 이젠 조금 지치려고 해. 그래도 언젠가는 일보다, 나 자신보다 더 소중한 남자가 나에게도 나타나겠지? 그랬으면 좋겠다. 정말 그랬으면⋯.'

서른이 가까워지면서 느낀 건, 연애도 성향이 잘 맞아야 오래 간다는

거였다.

내가 아는 한 선배는 젊었을 때 늘 이렇게 말했다.

"알지? 내 꿈이 그거잖아. 부잣집 남자 잡는 거. 부자 남자가 내 이상
형이라니까. 근데 막상 결혼한 남자는 어떤 사람인 줄 알아? 대학 시간
강사에 소설가. 그러니 돈벌이가 뻔하잖아. 어떻게 살긴? 출판사 편집장
하면서 두 아이 키우고, 남편 뒷바라지하고 있지. 그래도 얼마나 행복한
지, 부잣집 남자를 이상형으로 부르짖던 그 모습이 무색하다니까."

그런데 내 경우, 30대가 되고 나선 이상형에 관한 질문에 좀 더 신중
해졌다. 조건이 하나둘 더해진다기보다 좀 더 구체적이 된다고 할까?

"그래서 지금 현재 이상형은 어떻게 되냐고?"

"음, 우선 자기 분야에 열정적이고 책임감이 있었으면 좋겠어요. 일을
열심히 하는 사람이 그렇게 멋져 보이더라고요. 그리고 자기 관리가 철
저한 사람? 음…, 적당한 운동과 규칙적인 생활로 신체 건강한 사람이었
으면 하는 거죠. 한 가지가 더 추가하면 우리 아빠 같은 사람? 우리 아빠
가 엄청 다정하고 자상하거든요. 이런 사람이면 좋을 것 같아요."

몇 년 후면 40대가 되겠지? 그때가 되면 나의 이상형은 또 어떻게 변
해 있을까….

# 알레르기는
# 싫지만
# 해산물은
# 먹고
# 싶어

난 멈추지 않고 가고 있다. 오늘도 혼자서. 씩씩하게. 그러나 1년이 365일이나 되는데, 어떻게 매일매일이 행복할 수 있겠어? 시시각각 변하는 구름처럼 나도 외로울 때가 있고, 아플 때가 있고, 힘들 때가 있다. 그냥 뭉클뭉클… 그리움이 밀려들 때도 있고. 잘 지내다가도 한 번씩 위로받고 싶은 날도 생긴다. 물론 그런 날은 산책을 해도 좋고, 음악을 들어도 좋고, 친구를 만나는 것도 좋지만, 음식이 위로될 때가 있다.

추억이 깃든 솔푸드! 한 그릇 뚝딱 먹고 나면 기운이 나는 음식. 마음의 허기를 채워주는 음식. 내가 아는 방송작가의 솔푸드는 집 안에 감돌던 꼬리꼬리한 냄새의 청국장과 입학식이나 졸업식 때 먹었던 짜장면이라고 했다. 어릴 적 엄마와 함께 시장에서 맛본 단팥죽을 잊지 못하는 친구도 있다. 그런가 하면 초등학교 앞에서 친구들과 먹던 떡볶이, 떡볶이와 튀김을 같이 시켜 튀김을 떡볶이 국물에 찍어 먹던 그 꿀맛을 잊지 못

하는 친구들도 있다.

그러고 보니 일본 드라마인 <심야식당>에도 이런 이야기가 등장한다. 이 식당은 마스터가 손님들이 원하는 음식을 만들어준다. 산해진미도 아니고 화려하지도 않지만 정성 가득한 음식이 손님들의 허기진 배는 물론 허기진 마음까지도 채워준다. 특히 몸이 힘들고 아플 때, 이것만 먹으면 나을 것 같은 기분이 들게 하는 음식. 오늘 하루가 유난히 고될 때, 왠지 모를 위로가 되는 음식. 저마다의 추억이 깃든 솔푸드가 차디찬 밤공기를 따스하게 바꾼다는 내용인데, 많이 공감이 갔다.

말 한마디에도 체온이 실려 있듯, 음식 속에 삶의 애환이 녹아 있어 사람들을 위로하는 것이다. 우리 엄마는 비가 내릴 때면 부침개 생각이 나고, 아빠는 눈이 새하얗게 쌓여가는 날에는 따뜻한 고깃국이 생각난다고 하시는데, 그렇다면 나만의 솔푸드는 뭘까? 생각해봤다.

'아, 그래! 해산물 요리'.

우선 고추장을 푼 붉은 국물에 각종 해산물이 가득 들어간 푸짐한 냄비가 올라온다. '딸깍' 하고 가스 불을 켠 다음, 잠시 기다리는 시간이 필요하다. 어느 순간, 문어와 가리비, 새우, 조개가 보글보글 끓어오르기 시작하면 파, 마늘을 적당히 투하해준다. 이때 올라오는 거품을 한두 차례 걷어내는 것도 잊지 말 것. 슬슬 매콤한 냄새가 내 코를 간지럽게 하면, 그때 국물 한 숟가락 슬쩍 떠먹어보는 거야.

'아, 이 맛! 인생 참 살맛 난다!'

그런데 이렇게 위로가 되고 살맛 나게 하는 솔푸드와 나는 지금 헤어지는 중이다. 왜 그래야 하냐고? 살다 보면 어쩔 수 없이 그래야만 하는 일들이 생긴다. 나는 오랫동안 목의 통증과 피부 발진을 달고 살았다. 증상이 심한 날엔 미미한 호흡곤란이 동반되기도 했고. 수차례 병원 진료에도 그 원인을 알 수 없었지. 그렇게 지내던 어느 날, 원인이 밝혀졌어.

해산물 알레르기였다. 그것도 정도가 아주 심각해 자칫 잘못하면 죽을 수도 있었다는 이야기를 들었다. 해산물 알레르기는 땅콩 알레르기와 마찬가지로 평생 지속될 확률이 높고, 목구멍이나 기도 부종으로 인한 호흡곤란 등 심각한 반응이 나타날 가능성도 크다. 그날 들은 가장 무서운 말은 노래를 못 하게 될 수도 있다는 거였다.

음악하는 사람들에게 성대 문제는 늘 가까이 있고, 그만큼 항상 조심해야 하는 문제인데, 그동안 우리 엄마는 해산물을 좋아하는 나를 위해 일주일에 3일은 생선 요리를 해주셨다. 혹시 외식해야 할 일이 있으면, 소문난 곳을 찾아다니며 얼큰한 해물탕을 먹곤 했다. 그런데 그런 내가 심각한 해산물 알레르기 소유자라니.

이 모든 걸 연결해보니 진짜 한 편의 블랙 코미디를 보는 것 같다. 그 뒤 나는 어쩔 수 없이 세상에서 가장 좋아하던 해산물과의 이별을 시작했다. 그리고 3년이 흘렀다. 지금은 솔푸드가 뭐냐고? 나의 솔푸드는 여전히 해물탕이라고 대답하곤 한다. 물론 그날 이후 난 단 한 번도 해산물을 먹지 않았다. 하지만 그 맛을 기억하고 있다. 그 맛을 떠올리면 여전히 행복해지는데 굳이 바꿀 필요가 있을까.

솔푸드에는 각자의 스토리로 그 사람에게 힘과 영혼을 채워주는 잊을 수 없는 맛이 있다. 앞으로 이런 맛을 또 다시 만나게 된다면 내게도 새로운 솔푸드가 생기겠지. 솔푸드의 특별한 맛처럼, 인생이 내가 좋아하는 것들로만 가득 채워지면 얼마나 좋을까? 하지만 나는 이제 안다. 세상은 내가 생각하는 것처럼 그렇게 녹록지 않다는 것을….

# 그냥
# 노래를
# 잘 부르고
# 싶었던
# 아이

　세상엔 예쁜 말, 듣기 좋은 말이 얼마나 많은가. '예쁘다, 성격 좋다, 똑똑하다, 옷 잘 입는다, 일 잘한다, 목소리 좋다…' 정말 무궁무진하다. 어디 그뿐인가? 느낌에 저절로 나오는 감탄사도 아주 많다. '아, 오, 야, 아이고, 아뿔싸, 애개.' 이렇게 멋진 감탄사만 붙여도 우리 일상은 재미있고 변화무쌍하게 펼쳐진다. 하지만 이런 예측불허의 흥미진진한 말 속에서도 우리가 가장 많이 듣고 싶은 말은 바로 칭찬이 아닐까?

　물론 나 역시 듣고 싶은 말들이 그때그때 마음속에 정해져 있다. 어릴 적 내가 가장 듣고 싶었던 말은 "슬기, 노래 잘 부르는데"였다. 지금 이 이야기를 들으면 "에이, 왜 그래? 잘 부르면서" 이런 반응들이겠지? 하지만 진짜 예전의 나는 노래를 잘 부르는 아이가 아니었다. 정확히 말하면 노래가 좋아 노래를 잘 부르고 싶은 그런 아이였다.

　내가 노래를 좋아하게 된 것은 필연이었다. 성악을 전공한 외삼촌과

54

국악 전공자인 친사촌이 있으니, 어쩜 최적화된 장르에 분명 집안에 흐르고 있는 유전자도 있을 것 같다. 그리고 부모님 역시 음악을 무척 좋아하신다. 그러다 보니 우리 집엔 늘 노래와 음악이 흘렀다. 유치원에 다닐 때부터 아침 알람은 올드 팝이었다. 어렸을 때 아버지는 내 손을 붙잡고 커다란 CD 매장에 가서 유명한 팝 곡들이 담겨 있는 CD를 매달 한 장씩 사주셨다. "네가 좋아하는 거 사러 가자!!" 이렇게 말씀하실 때면 항상 음악이 담긴 CD를 사주셨다. 좋아하면 잘하고 싶어지는 것이 있다. 나에겐 노래가 그랬다.

따스한 봄볕이 내리쬐는 어느 날이었다. 아버지께서 갑자기 가족들을 불러모으셨다.

"내가 미국에 있는 교회의 목사로 가게 되었단다."

"아빠! 난 안 갈래요."

그 어떤 말을 꺼내놓아도 돌이킬 수 없는 현실이 느껴지는 순간이었지만, 난 내가 다니던 학교와 친한 친구들을 뒤로하고 미국으로 가야 한다는 사실이 너무 싫었다. 거기에 알 수 없는 불안함이 마음속에 스며들고 있었다. 그게 무엇인지 그때는 알 수 없었지만, 단지 내가 좋아하는 곳을 떠나야 한다는 아쉬움이 불안함으로 다가오는 줄 알았다.

우리 가족들은 아버지의 뜻에 따라 미국행 티켓을 쥐고 공항 로비에 섰다.

"가자, 슬기야. 모든 건 하나님께 맡기는 거야."

난 아무 말 없이 이민 가방 고리만 만지작거렸다. 하늘이 무섭도록 맑은 초여름이었다. 비행기 안에서 나는 자꾸 눈물이 났다.

'울지 말자. 언제든지 다시 돌아올 수 있어. 한국은 내 나라잖아.'

미국은 모든 것이 낯설었다. 이민자의 삶이란 결코 쉬운 일도, 쉬운 결정도 아니었다. 우선 말이 통하지 않으니 우린 영어부터 배워야 했다. 생각해보면 미국으로 떠나기 전, 내게 영어는 엄마가 들려준 올드 팝이 전부였다. 보통 이런 경우라면 어학연수를 신청했을 것이다. 그러나 우리 가정 형편상 어학연수는 꿈도 꿀 수 없었다. 나는 한국말을 하며 마음대로 소통했던 친구들이 있는 대한민국이 그리웠다.

'아, 내가 지금 여기서 뭐하고 있는 거지?' '앞으로 나는 여기서 어떻게 살아가야 하는 거지?' 하는 생각들이 꼬리에 꼬리를 물고 이어지고, 답답함에 한숨이 터져 나왔다. 그러나 그 말을 부모님께 솔직히 털어놓을 수 없었다.

사실 난 어릴 적부터 눈에 띄는 걸 좋아했고, 무슨 일이든지 주도적으로 해내는 것을 즐겼다. 어디에서고 중심이 되는 걸 좋아하는 성향의 사람이다. 감투를 좋아하고, 남들에게 인정받아야 나아갈 힘이 생긴다. 그런 내가 말도 통하지 않는 남의 나라, 낯선 땅에 왔다는 것을 처음 도착해서는 전혀 실감하지 못했다. 우선 부모님이 함께 계셨고, 또 그땐 어렸으니까. 정말 아무 생각 없이 언제나 쉽게 돌아갈 비행기 티켓이 있는 여행인 양, 쫄래쫄래 따라와버렸다고나 할까? 알 수 없는 불안감이 마음속에 가득했지만, 난 그 이유를 정확히 알지 못했다.

사실 당시 이민은 한국과의 생이별을 의미했다. 국제전화도 쉽지 않았고, 인터넷도 없었던 시절이다.

'내가 왜 여기에… 왜?'

어느 날, 엄마가 궁여지책으로 나에게 제안했다.

"슬기야!"

"네, 엄마."

"영화를 보면서 공부를 해보면 어떨까? 말도 따라 해보고. 많이 들

다 보면 귀가 트인다고 하잖아. 그러고 나면 입이 열린다고…. 한번 그렇게 해볼래?"

평소에 그런 말을 들어본 적은 있다. 정말로 영화 보기로 영어를 터득한 사람들도 있고. 그런데 정말 그렇게 될까? 엄마의 말은 잘못된 것이 아니었다. 적어도 나에겐.

열두 살 내 인생을 뒤흔든 영화 <사운드 오브 뮤직The Sound of Music>은 그야말로 위대했다. '찌이익, 덜컥'. 플레이어 안으로 들어간 테이프. '지지지.' 기계 안에서 테이프가 돌아가면서 소리가 들린다. <사운드 오브 뮤직>은 1959년에 상연된 동명의 뮤지컬을 바탕으로 1965년에 공개된 미국의 영화다. 로버트 와이즈가 감독, 줄리 앤드루스와 크리스토퍼 플러머가 주연을 맡은 이 영화는 알프스의 아름다운 자연 전경을 보여주면서 시작된다.

영화를 보는 순간…, 내 온몸엔 식은땀이 나기 시작했다. 가슴은 마구 뛰었고, 머릿속으론 마치 큰 동산이 내 앞에 펼쳐지는 것 같은 착각이 들었다. 손은 이미 하늘을 향해 있었고, 얼굴 전체로 햇빛을 받듯이 화창한 어느 날을 상상하며 내가 마치 줄리 앤드루스라도 된 듯한 기분이었다. 나는 영화 속으로 점점 빠져들었다. 그럴수록 영화의 대사는 귀에 쏙쏙 박히기 시작했다.


"나무랄 데 없는 아가씨예요. 늘 그런 건 아니지만."
"누구나 금세 마리아를 좋아하죠. 그러기 힘들 때만 빼고요."
"정말 사랑스러운 아가씨예요. 하지만 늘 말썽을 일으켜요."


화면 속 영화는 계속되었고 <도레미 송Do-Re-Mi>, <마이 페이버리트 싱My Favorite Things>, <식스틴 고잉 온 세븐틴Sixteen Going on Seventeen> 등

주옥같은 노래들이 흘러나왔다.

그 영화를 보면서 나는 낯선 미국 땅에서의 외로움을 위로받았다. 그리고 내 진로의 장르를 결정했다.

"아, 이런 걸 뮤지컬이라고 하는구나! 엄마, 나 뮤지컬 배우가 될래. 꼭 하고 싶어."

분명 이것은 열두 살 아이가 충동적으로 내뱉은 말이었다. 그런데 엄마는 그날부터 주변에 있는 예술중학교를 알아보기 시작했다. 신기하다. 엄마는 어린 내가 내뱉은 한마디에 어떻게 그런 결정을 내리셨는지. 만약 엄마가 그날 내 말을 그냥 흘려보냈다면 지금 나는 어떤 모습일까? 그렇게 난 그 도시에서 합창단으로 유명하다는 중학교에 들어갔다.

등교 첫날, 기대와 불안이 교차했다. 새로운 친구를 만날 수 있다는 기대감이었다. 그러나 이내 그런 기대를 지워버려야 했다. 아이들이 모여 있는 교실의 공기는 냉랭했다. 그리고 학교는 생각보다 평범했다. 음악 경연 대회에서 수상했다는 경력을 가지고 있는 합창부 말고는 특별한 게 없었다.

'그래, 합창부에 들어가자.'

나는 방과 후 활동으로 합창부에 들어갔다. 내가 활동하는 동안 합창부엔 60명 정도의 학생이 있었던 것으로 기억된다. 합창부 맨 뒷줄에 서서 아이들을 내려다보며 나는 생각했다.

'나는 꼭 뮤지컬 배우가 될 거야.'

난 정말 꿈을 키우며 새롭게 미국에서의 생활을 시작해보려 했다. 하지만 그건 꿈에 불과했다. 인생이란 종종 아찔하게 행로를 뒤트는 법! 나에게 지옥 같은 힘든 시간이 기다리고 있을 줄은 꿈에도 몰랐다. 그런데… 그런데….

그건 친구들 사이의 따돌림이었어. 영어도 못 하고 아시아인이라는 이유의 괴롭힘. 난 벼랑 끝에 선 것같이 아찔했다. 하루는 화장실을 다녀오다가 한 아이와 스쳤나 했는데… 그 아이가 나를 밀치는 게 아닌가? 그런데 그 아이는 오히려 내가 밀었다고 몰아세웠다. 아니라고, 아니라고 말을 해봤지만 영어가 안 되니 항변조차 제대로 할 수 없었다. 내 눈에, 내 눈가에 금세 눈물이 번졌다. 아니, 그땐 늘 눈물이 맺혀 있었다. 어느 곳에도 내 편은 없었거든. 처음 아빠가 이민을 떠난다고 했을 때 불안했던 그 마음이 다시 스며들었다. 그때의 불안은 아마도 이런 일들을 예고하고 있었는지도 모르겠다는 생각이 들었다.

난 함께 밥 먹을 친구가 없어서 화장실에서 혼자 밥을 먹고, 한구석에 그림자처럼 서 있기 일쑤였고, 또 함께 과제를 할 친구가 없어서 선생님께 숙제를 물어봐야 했다. 난 아무도 모르게 자꾸 울었다. 어떻게 해야 할지 몰라 방바닥에 엎드려 손을 잡고 엉엉 울었다. 무릎 꿇고 우는 날도 많았지만, 부모님께 절대 내색하지는 않았다. 그 시절 가뜩이나 부모님도 이민 생활이 힘드셨는데, 나까지 힘들게 하고 싶지 않았다.

학교에 가면 여전히 난 왕따였다. 아무도 나에게 말을 걸지 않았다. 그리고 돌아오는 건 일방적인 놀림뿐. 특히 내게서 김치 냄새가 난다고 하루 종일 놀려대기도 했다. 난 자꾸 사람들을 피하게 됐고, 냄새로 인해 수치감을 느꼈다. 아이들의 괴롭힘은 점점 더 내게 두려움으로 다가왔다. 결국 난 내게서 나는 그 냄새를 없애기 위해 김치를 포기해야만 했다.

생각해보면 그때 나의 강한 의식이나 논리적 사고는 무엇인가에 크게 충격받아 마비된 듯, 나를 위해 아무런 기능도 발휘하지 못했다. 나는 그 누구와도 소통할 수 없어 고립된 채 더욱 소극적인 아이가 되어갔고, 자신감도 위축되었지. 계속 혼자 있는 시간을 견뎌야 했어. 한 학기 동안 수많은 육체적, 심리적 위기가 있었지만 겨우겨우 노래로 버텨냈어. 노래

로 슬픔을 이기고 있었던 거야. 노래는 나의 유일한 위로의 시간이었지.

'이렇게 학교에 적응하지 못하고 친구들과 소통도 못 하면서 주위를 겉돌고만 있는 건 나와 어울리지 않아.'

'그래, 더 이상은 안 되겠어. 이렇게는 안 될 것 같아. 방법을 찾자.'

'그럼 이제 어떻게 해야 하지?'

난 수없이 많은 혼잣말을 하며 나를 돌아보았고, 지금 내게 부족한 것과 필요한 것이 무엇인지, 그리고 나와 비슷한 상황에 놓여 있는 사람들이 겪는 어려움은 무엇인지 알아봤어. 그리고 원만하게 살아가는 방법이 무엇일까 찾아내려고 애를 썼어.

'영어를 더 열심히 배우고, 노래 연습도 열심히 하자. 그리고… 합창부 아이들 앞에서 노래를 부르자. 연습해서 나만의 노래를 들려주자.'

오랜 고민 끝에 차츰 이렇게 정리가 되었어. 물론 여전히 나를 거부하는 무리가 있었지만, 시간이 흐르면서 다수의 아이들이 그 일과는 무관하다는 것도 알게 되었지.

'그래, 거부하는 아이들이 계속 자기 입장을 고수한다면 그 아이들과는 사귀지 않으면 되는 거야. 또 노력해도 풀리지 않는 관계가 있다면, 더 이상 에너지를 쓰지 말고 그 노력을 노래 연습에 투자하는 거야. 그들이 내 인생에 꼭 필요한 사람들은 아니니까.'

나는 방학 내내 혼자서 노래 연습을 했다. 안 되면 될 때까지, 잘 부를 때까지 부르고 또 불렀다. 방학이 끝나갈 즈음, 내 소리가 달라지는 게 느껴졌다. 어릴 때부터 음악을 자연스럽게 들으며 자란 덕분에 나는 혼자 공부하며 실력을 쌓아가고 있었다.


새 학기가 시작되고 방과 후 합창부가 처음 모이던 날, 음악실에 아무도 없길래 나는 피아노 앞에 앉아 제일 좋아하는 곡 <문리버moon river>

를 치며 노래를 불렀다. 그때 당시 내 심정은 아마도… 친구에게 더 다가가기 위한 몸부림이 아니었을까? 정말 열심히 불렀다. 내 노래가 음악실에 퍼졌다. 노래가 끝나고 박수가 나왔다. 연습이 끝나자 내 주변으로 친구들이 모여들었다.

"리디아, 너 노래 좀 한다~"

"너 노래 진짜 잘한다. 디테일한 표현에 감동했어."

그날 이후 내겐 기적이 일어났다. 말을 거는 친구가 생겼고, 같이 밥을 먹는 친구가 생겼다. 노래를 잘하는 사람이 되니 친구가 생기는구나. 선생님도 내가 마음에 드셨는지 그때부턴 합창단에서 계속 솔로를 맡았다. 나에게 아주 큰, 중요한 임무를 맡기셨지. 그때 합창단은 캘리포니아에서 상을 휩쓸고 다녔다.

나는 정말 노래 잘하는 아이이고 싶었어. 이를테면 이런 사람! 세련된 무대 매너와 카리스마 넘치는 가창력, 자유자재로 창법을 바꾸는 노련함, 그리고 춤까지 잘 추면 얼마나 좋을까? 그땐 정말 그렇게 기도했다. 노래를 정말 잘하는 사람이 되게 해달라고….

지금은 "노래를 잘 부른다"는 이야기를 하루에 한 번 이상은 꼭 듣는다. 여러 번 듣는 날도 많다. 30대가 되고 나서 나를 웃게 하는 말들이 많아졌다. 그럼에도 난 여전히 노래를 잘 부른다는 칭찬이 좋다. 난 안다. 칭찬에 '발'이 달려 있다면 험담에는 '날개'가 달려 있다는 것을….

칭찬은 버블디아를 노래 부르게 한다.

# 슬픔도
# 사치일 때가
# 있다

아침부터 내리쬐는 빛발로 후끈거린다. 나는 애써 창문을 등지고 돌아눕는다. 꿀잠을 조금 더 자도 될 것 같았거든.

달그락달그락. 주방에서의 작은 소리에 신경이 쓰인다. 분명 엄마가 밥상 차리는 소리다.

'아, 벌써?'

일어나야 하는데 몸이 내 의지대로 움직여주지 않는 날이 있다. 나는 핑곗거리를 찾는다.

'맞아. 어제 스케줄도 많았고, 노래 연습을 많이 해서 목도 아프다. 지난밤 라이브 방송도 늦게 끝났어. 그래, 조금만 더 누워 있어볼까?'

이불 속에서 그렇게 뒤척대다 보면 엄마가 나를 부른다.

"슬기야, 아침 먹자. 얼른 나와."

'헐! 11시다. 한 시간이나 이러고 있었네.'

식탁엔 이미 아빠와 엄마, 그리고 남동생이 앉아 나를 기다리고 있다. 우리는 매일 네 식구가 함께 둘러앉아 아침을 먹는다. 아침 식사 시간은 오전 11시, 일 때문에 늦게 잠드는 나를 배려해 가족들도 늦은 아침을 먹는다. 오늘 뭐 하는지, 저녁에 먹고 싶은 게 있는지 사소한 관심들이 대화로 이어진다.

아빠는 늘 그러신다.

"슬기, 너라면 할 수 있어. 끝까지 포기하지 않고 잘 해낼 수 있을 거야."

아빠의 믿음은 내 자신감을 일깨워주고, 그동안 내가 몰랐던 능력을 발휘하게 해준다. 엄마도 예외는 아니어서 나를 아껴주고 칭찬하는 데 인색하지 않다. 그래서 그럴까? 나는 부모님이 믿는 대로 꿈을 이뤄가는 사람이 되어가고 있다. 우리 네 식구는 지금 이렇게 함께 살고 있다.

우리 가족이 이렇게 다시 모인 건 내가 한국에 들어와 지내던 2015년이다. 그날, 난 공원에서 산책을 하고 있었다. 하늘이 꼭 바다같이 보였다. 돌을 던지면 쨍하고 깨질 것처럼 파랗고 깨끗한 하늘 아래서 전화를 받았다. 미국에 사는 아빠였다.

"아빠!"

휴대폰 너머 아빠의 목소리는 구름이 잔뜩 낀 하늘이었다. 떨고 계셨다.

"아빠! 아빠! 왜 그래요? 왜요? 무슨 일이 생긴 거예요?"

불길한 생각이 스쳐 갔다.

"슬기야, 엄마가 좀 아파."

"아니, 엄마가 왜요? 병원에 가봤어요?"

"응, 자궁암 진단을 받았어."

순간 나는 휴대폰을 떨어트릴 뻔했다. 그리고 이내 오들오들 떨고 있었다.

"아니, 왜요? 왜 우리 엄마야?"

이런 일이 생기면 처음엔 다들 부정한다고 하더니, 나도 그랬다. 미국에서 날아온 엄마의 소식은 내 생활을 송두리째 흔들었다.

'왜 나에게 이런 일이 일어났을까?'

비관적인 생각들이 내 머릿속을 가득 채웠다.

'혹시 엄마가 돌아… 아니야, 아닐 거야.'

부정적인 생각들이 꼬리에 꼬리를 물고 이어졌다. 난 생각의 늪에 빠졌다.

'아냐. 침착하자. 그리고 생각을 해보자. 어떻게 하는 게 좋을까?'

새삼 일에 파묻혀 부모님께 신경쓰지 못했던 게 슬프게 느껴졌고, 불안해지기 시작했다. 그래서 나는 금방 결심했다. 나는 아빠가 계신 미국으로 전화를 걸었다.

"아빠, 엄마랑 한국으로 들어와. 이곳에서 할 수 있는 치료 다 해보자."

"…"

"아빠! 내 말 듣고 있지? 세계에서 인정하는 게 바로 우리 의료 기술이잖아. 돌아오는 거다?"

그렇게 우리 가족은 한국으로 돌아왔다. 엄마는 힘든 치료를 견뎌내고 5년 후 완치 판정을 받았다. 그때까지만 해도 우리 가족의 불행은 이것이 끝일 거라고 생각했다. 하지만 얼마 지나지 않아 엄마의 암이 재발했다. 우린 엄마가 이대로 돌아가실까 봐 너무나도 무서웠다. 아무것도 할 수 없는 현실의 답답함에 눈물만 났다.

"하나님! 하나님! 제발 도와주세요."

우리 가족은 애써 서로를 외면하면서 괜찮은 척 하루하루를 그렇게 버텼다. 그러나 이런저런 여러 가지 안 좋은 일들이 겹치자 멘탈이 붕괴되어가고 있었다. 왜 그런 기분 있잖아. 터널을 걸어가는데 가도 가도 끝이 없어. 한 줄기 빛을 보려고 걷는데 그냥 계속 깜깜해. 빛이 가도 가도 나타나지 않아. 이 터널의 끝은 과연 있는 걸까.

다시 병원을 찾아간 날, 나는 엄마에게 물었다.

"엄마 괜찮아?"

"응, 난 괜찮아. 넌 가서 입원 수속 밟고 와."

엄마는 너무나 씩씩하고 담담했다.

"선생님! 우리 엄마, 괜찮은 거죠?"

"더 검사를 해봐야 알 것 같습니다. 일단 지금은 당장 입원 수속을 밟도록 하시죠."

병실을 배정받고 환자 가운을 손에 든 채 엄마는 너무나 밝게 웃었다. 많은 것을 비워버린 넉넉함이라고 할까? 느슨해져서 오히려 단단해 보였다. 조금도 흔들림이 없어 보였다.

정작 흔들리는 것은 나였다. 애써 밝은 척 집에 가서 물건 몇 가지 챙겨 오겠다고 나설 때부터 걸음이 흔들렸다. 참고 있던 눈물이 기어이 터진 것은 차 안에서였다. 정확히 말하면 차에 시동을 거는 순간이었다.

"하나님 제가 무엇을 놓쳤을까요? 왜 자꾸 힘든 일이 찾아오는 걸까요? 제가 어떻게 하면 좋을까요? 너무 힘이 들어요. 도와주세요. 어떻게 하면 좋을까요? 제가 아직 부족한 걸까요?"

생각해보니 우리 엄마는 가족에게 마냥 헌신적인 분이었다. 한때는 꿈 많은 소녀였지만 지금은 가족을 돌보느라 몸도 마음도 지친 한 여성. 그런 분이 병까지 얻었다고 생각하니 엄마에게 너무 미안했다. 다행히 엄마는 아픈 긴 시간을 잘 버티고 계셨다.

우리 가족에게는 그날 이후 건강 염려증이 생겼다. 1년마다 건강검진하는 게 필수가 됐다. 의사 선생님이 그건 안 해도 된다고 할 정도다. 하지만 '행복은 혼자서 오고, 불행은 한꺼번에 온다fortune comes singly, misfortune never comes singly'고 했던가? 엄마의 병이 재발한 그해, 아픈 엄마에게서 전화가 걸려온 건 아침 9시였다.

"엄마! 무슨 일이에요?"

"…."

말을 잇지 못하고 울먹이는 엄마의 목소리에 집안에 큰일이 생긴 것을 짐작할 수 있었다.

"엄마 울지 마시고 빨리 말을 해봐요. 무슨 일이에요?"

"우리 이제 어떻게… 어떻게 하면 좋니? 흑흑. 글쎄 네 동생이 대장암… 흑흑."

"네? 건강검진하려고 병원에 간 애가 무슨 암이에요?"

마른하늘에 날벼락 같은 소식이었다. 받아들이기 힘든 현실이었다. 나는 병원으로 달려갔다. 소화기내과 의사를 만난 나는 동생의 병이 꽤 심각하다는 것을 알게 됐다.

"대장내시경, 그러니까 수면내시경 결과입니다."

단순히 건강 염려증으로 병원을 찾아가 검사를 받았는데 난데없이 대장에서 폴립Polyp이? 결국 암이라는 얘기였다. 그때 나는 또 생각했다. 세상이 왜 이렇게 나에게만 가혹한 걸까? 난 병원의 하얀 벽만 바라봤다.

'대장에 생긴 폴립이라?'

의사가 절망하고 있는 내게 말했다.

"그래도 다행입니다. 동생분이 미리 건강검진을 해서 다행이고, 미리 발견해서 다행이고, 이 정도여서 다행입니다."

나는 '다행이다'라는 말이 그렇게 눈물 나도록 슬픈 말인지 그때 처

음 알았다.

"그럼 선생님…!"

"너무 걱정하지 말아요. 젊은 친구니 잘 버틸 겁니다."

한 명이, 한 사람이 아프면 온 가족이 다 아픈 것처럼 우리 가족은 모두 아팠다. 몸이 아픈 사람, 마음이 아픈 사람, 우리 가족은 결국 다 같이 아픈 것이다. 그러나 삶의 가혹함은 여기에서 끝난 게 아니었다.

동생은 힘들었겠지만 잘… 견뎌주었다. 한 번도 울지 않았다. 아픈 것을 내색하지도 않았다. 내색은커녕 우리를 위로하기까지 했다. 이런 상황을 견디면서 나는 동생과 더 친해졌고, 이제는 거의 베스트 프렌드가 되었다. 그런데 이게 또 무슨 날벼락인가? 엎친 데 덮친 격에 설상가상이었다. 역시 미리 건강검진을 받으러 간 아빠에게 처음엔 담석이 생겼다고 했다. 하지만 병원에서 다시 검진을 받아보라고 연락이 왔고, 결과는 폐암이었다. 벌써 세 번째. 정말 기가 찼다. 나는 무서웠고, 한없이 우울했다. 더 이상 눈물도 나지 않았다.

'아… 어떻게 이런 일이? 아니, 우리 가족이 잘 견뎌주어야 하는데…'

나는 그 걱정뿐이었다. 무조건 우리 가족을 살려야 한다는 책임감이 날 하루하루 버티게 했다. 병원에 다니면서 방송을 준비하느라 시간이 어떻게 가는 줄도 몰랐다.

"안녕하세요? 버블디아입니다."

하지만 난 방송에선 전혀 티를 내지 않았다. 낼 수가 없었다. 무거운 짐을 졌지만, 탭댄스를 추듯 이 시련을 이기고 싶었다. 웃고 있어도, 내 마음 한쪽엔 가슴이 뻥 뚫린 빈 공간에 칼바람이 들어갔다 나오는 그런 느낌이었다. 그런 시린 느낌을 받을 때가 참 많았다.

'슬픔도 사치일 때가 있다.'

어떻게 그 시간들을 견뎌왔냐고? 언제나 웃는 얼굴을 해야 하고, 늘

활기 넘쳤지만, 마음고생이 얼마나 심한지 몰래 울고 또 울었다. 꾸역꾸역 눈물이 치밀어 올랐고, 그럴 때마다 나는 더 열심히 노래를 불렀어. 노래를 불러야 숨을 쉴 수 있을 것 같은 시간들이었으니까. 방송인으로 살면서, 내가 좋아하는 노래를 부르며 응원해주는 팬들과 함께하는 그 시간만큼은 아픔, 고통, 힘듦을 벗어나 온전히 버블디아가 될 수 있었어.

왜 그런 이야기를 털어놓지 않았냐고? 물론 말하고 싶었지. 속 시원하게 툭 털어놓고, 어느 날은 엉엉 소리 내어 울 수 있으면 얼마나 좋을까? 하는 생각을 왜 하지 않았겠나. 하고 싶었지. 하고 싶었어. 그래서 먼저 지인에게 속마음을 이야기했다. 그런데… 그런데 말이야. 그분들의 걱정 어린 시선까지 견뎌내다 보니 내가 더 흔들리고 더 힘들더라고. 내 이야기를 내뱉는 순간, 더 이상 버티지 못하고 무너질 것 같은 두려움이 생겼어. 그래서 차마 가장 소중한 팬들에게 솔직하게 이야기할 수 없었어. 그래서 내 아픔을 꽁꽁 숨기고 참아냈던 거야. 억세게!

그런데 지금은 왜 이 이야기를 하느냐고? 그만큼 내가 더 단단해졌다는 거지. 지금은 엄마, 아빠, 남동생 모두 어려운 시간을 견뎌내고 다들 잘 지내고 있어. 무엇보다 그동안 나도 불편했어. 나에게 팬이 어떤 존재인데…. 내게 말 못 할 비밀이 있다는 것이 내내 마음에 걸리더라고. 우리가 어떤 사이인데…. 팬은 또 다른 나의 가족 아닌가? 가족.

# 무조건
## 잘되어야
### 해

하나! 둘! 하나! 둘! 지금 뭐하냐고? 맨손체조! 이것은 전문가들이 권장하는 최고의 건강 요법이다. 맨손체조와 걷기 운동!!! 난 시간이 날 때마다 맨손체조를 한다. 음악에 맞춰서…. 그래서… 효과는 좀 봤냐고? 당연하지.

이렇듯 나의 생활 루틴 중 하나는 운동이다. 맨손체조와 걷기 운동 말고도 스케줄 사이에 시간이 나면 쪼르르 달려가는 곳이 헬스장이다. 나는 운동을 하면서 느끼는 희열감이 참 좋다. 특히 기구 운동이건 바닥 운동이건 정해진 횟수를 채우는 마지막 순간에 전해지는 전율, 그 짜릿함이 너무 좋다.

오늘은 복근 운동을 정복해볼까~ 하복부를 단련하는 레그 레이즈로 시작한다. 레그 레이즈는 매트 위에 반듯하게 누워 다리를 들어 올리는 단순한 동작이지만, 근육의 힘을 많이 써서 효과가 좋은 운동이다. 세트

당 20회로 3세트로 해야지. 처음 1세트는 그럭저럭 수월하게 되다가 2세트에는 아랫배가 당기기 시작하고, 3세트를 시작하면 호흡은 무슨 호흡이냐며 굳게 다문 입술 사이로 신음 소리가 새어 나올 정도가 된다. 포기하고 싶어지지만 마지막까지 힘을 낸다. 열일곱, 열…여덟, 열…아…홉, 스으~~물! 이를 꽉 물고 결국 다 해내고야 마는데, 트레이너가 나를 보며 '악바리' 같다고 할 때가 있다. 나는 정말 악바리일까?

나는 주어진 것에 충실하다. 1980년대 생들이 요구하는 워라밸일과 개인의 삶 사이의 균형을 이르는 말보다는 워커홀릭일 중독자을 추구한다. 한번 시작하면 끝까지 밀고 나가는 것으로 치면 나는 '악바리'가 맞다.


미국에서 난 정말 꿈이 컸다. 나는 비상을 꿈꿨다. 기본기 교육부터 연기와 노래 실습, 오디션 준비 등 매우 다양한 커리큘럼을 마스터하면서 뮤지컬 배우의 꿈을 이루고 싶었거든. 나는 목표를 세우고 한 발 한 발 열심히 걸었어. 그러나 아시아계 미국인으로 살아가기엔 너무나 힘들었다. 기회도 없었고.

'어떻게 하지? 어떻게 살아가야 할까?'

많은 오디션에 참여했지만, 캐스팅이 계속 무산되면서 나는 무기력해지고 절망에 빠졌어.

'그래, 이제 어떻게 해야 하나?'

나는 미국에서의 꿈을 접기로 했다. 그리고 한국행을 결심하면서 스스로 악바리가 되기로 결심했다. 매 순간 큰 책임이 느껴졌다. 반드시 성공하고 말 거라는 생각뿐이었다.

'인정받기 전까지 개인 생활은 포기하는 거야. 나는 무조건 잘되어야 해!'

하루에 아침이 두 번 찾아오지 않는 것처럼 젊음도 두 번 다시 찾아

오지 않는다는 걸 잘 알고 있는 나는, 성공을 위한 기회를 놓칠 수 없었다. 일할 때는 남들보다 열심히, 보컬과 댄스를 동시에 배우며 뮤직 크리에이터로서 역량을 쌓아갔다.

장르를 초월해 모든 사람에게 공감을 얻을 수 있는 진짜 노래를 부르는 것을 목표로, 뮤지컬을 꿈꾸는 가수이지만 꾸준히 우리 가곡과 가요를 겸하며 노래 연습을 했다. 어디 그뿐인가? 수준 높은 음악 서비스를 제공하기 위해 가요, 영화, 클래식에 대한 이론 지식도 점차 늘려갔다. 내 노력을 기반으로 일하고, 이를 통해 성취를 이루고 싶었다. 용기 있고 과감하게 시도하고, 끊임없이 노력하고 모험하며 도전을 두려워하지 않았다. 적극적으로 행동하고 성실한 사람이 되길 바라는 마음도 있었고 즐기려는 마음도 가졌다.

결국엔 내 인생 후회 없이 살았다고 할 수 있도록, 동시에 세상의 빛과 소금의 역할을 할 수 있게 되기를 기도했다.

물론 친구와 만나 수다를 떨면 재미있겠지. 여행도 가고 쇼핑도 하면 얼마나 신나는 일이야. 알지만 모든 것을 목표 뒤로 미뤘다. 그리고 집, 연습실을 오가며 마치 수능 시험을 준비하는 수험생처럼 노력했다. 그렇게 나는 뮤직 크리에이터 버블디아가 되었다.

그리고 8년! 나는 처음 그때와 별로 달라진 것이 없다. 정해진 시간에 일어나 연습하고, 배우고, 영상물을 제작하고, 라이브 방송을 하고, 새벽에 잠이 든다. 그리고 잠들기 전 생각한다.

'나는 최선을 다할 거야. 그리고 반드시 잘해서 잘되어야 해!'

뻔한 이야기여도 어쩔 수 없다. 그게 팬들의 마음에 보답하는 일이니까.

그렇다. 최선을 다하는 것. 자신의 욕망 앞에 당당할 수 있는 것. 그것은 건강함의 표시다. 자신이 하는 일, 혹은 한 일에 당당할 수 있는 것. 그

것은 내 정신이 건강하다는 증거인 것이다. 그리고 열심히 해야 할 이유가 한 가지 더 늘었다. 부모님과 동생이 한국으로 돌아오면서 나는 자연스럽게 우리 집 가장이 되었다.

'이러다 내가 가장 역할을 할 수 없게 되는 상황이 오면 어떻게 하지?'

가끔 내 안에 잠들어 있던 걱정 인형이 불쑥 튀어나온다. 물론 주변에서 이 정도면 성공한 거 아니냐고, 욕심이 많은 거 아니냐고들 하지만 성공이란 게 뭔데? 여전히 나는 목마르다. 아직 이뤄야 할 것들이 많다. 그래서 나는 늘 계획을 세운다.

# 2021년 2월에 세운 2년안에 이룰 계획들

| 목표 goal | 데드라인 deadline |
|---|---|
| 1 | 제 5원소 마스터해서 영상에 올리기! | 5월 1일까지 |
| 2 | 밤의 여왕 아리아 마스터 하기<br>(영상에 올리기!) | 6월 1일까지 |
| 3 | 1억 모으기? | 12월 31일까지… |
| 4 | 200만 되기 (국내 채널) | 12월 31일까지… |
| 5 | 피아노를 배워서 라이브 영상 만들기 | 3월 1일부터 |
| 6 | Full 오케스트라랑 Vocal 라이브 공연하기<br>(예술의 전당) | 2022년 5월까지! |
| 7 | 사극 OST! 꼭 앨범 같이 참여하기 | 2022년 5월까지! |
| 8 | 해외에서 초청받기!<br>(미국, 베트남, 인도네시아) | 2022년 7월까지 |
| 9 | 유튜브 해외 150만 되기 | 2021년 12월 31일 |
| 10 | 국내에서 또 좋은 기회가 생기면 무대에 서기 | 2021년 12월 31일 |

Part 2

# 슬기가 아닌,
# 디아 이야기

1

대학을 졸업하고 바로 뉴욕으로 왔을 무렵이다. 늘
그려왔던 꿈의 무대 브로드웨이가 내게 무슨 마법을
부린 걸까? 이곳은 그 존재만으로 내 심장을 뛰게
했다. 머릿속에서 떠나지 않았다. 자다가도 음악
소리에 눈을 뜨고, 주말에는 타임스퀘어 주위 건물에
다닥다닥 붙어 있는 공연 포스터들이 잘 왔다고 내게
인사를 건네는 것 같았다.

2

아무리 힘든 생활이 온다 해도 노래를 부를 수 있는
환경이라면 어디에서고 행복할 수 있을 거라고
생각하던 나는 내가 그렇게 좋아하는 노래를 내
조국에서 맘껏 부를 수 있다는 사실에 흥분하지 않을
수 없었다.
'그래, 노래와 함께 내 모든 열정을 쏟아내보자.'

3

난 안다. 나에게 제일 중요한 건 음악을 진짜로
사랑해야만 이 일을 계속할 수 있다는 것. 그리고
정말 사랑해야만 견딜 수 있는 순간들이 내게로
찾아온다는 것을 말이다.

4

나는 계획형 인간이다. 난 적당히 설렁설렁, 그냥
넘어가는 일이 없다. 물론 그렇지. 계획을 세운다고
그 계획이 그대로 지켜지는 것은 아니지. 하지만
그럼에도 불구하고 내가 매주 계획을 세우는 것은,
스스로와의 약속을 다지기 위해서다.

5

나는 라이브 방송을 위한 메이크업, 헤어, 옷 코디를
나 스스로 직접 한다. 몇 년을 그렇게 일하다 보니,
이제는 거의 준전문가 수준 정도는 되는 것 같다.
그래서 나는 시간이 생길 때마다 이런저런 스타일의
헤어와 메이크업을 직접 해보면서 내게 어울리는
스타일, 버블디아만의 스타일을 만들어가고 있다.

6

오늘은 한 팬분이 내 노래를 들으면 위로를 받는
느낌이고 편안함을 느낀다고 댓글을 올렸다. 내가
좋아하는 노래 부르기를 통해 누군가를 위로하고
평안을 줄 수 있다니 얼마나 기쁜 일인가. 이럴
때마다 나는 내가 버블디아라서 참 행복하다.

7

도전이 나에게 주는 에너지. 그 에너지를 통해 나는
나 자신을 계속 업그레이드시키고, 내가 원하는
방향으로 내 삶을 이끌어 나갔다. 물론 실패하면
좌절도 하지만, 그 좌절은 또 다른 도전으로
이겨내면 된다. 노력만으로는 주어진 환경이나
운명을 바꿀 수 없다고? 천만에. 노력에 노력을
더하면 삶이 발전되어가는 방향성이 확실히 생긴다.
나는 도전의 힘을 믿는다!!

8

뮤지컬 영화 <사운드 오브 뮤직>. 나는 이 영화를
여러 번 보면서 '나중에 나도 꼭 한번 해봐야지'
생각했던 장면이 있다. 폭풍우 치는 밤, 가정교사로
들어간 주인공 마리아가 벼락과 천둥소리에 겁을
먹고 찾아온 아이들에게 노래를 불러주는 장면. 그
장면에 흐르는 노래가 바로 <내가 좋아하는 것들My
favorite things>이다.

내
생애
첫
뉴욕,
브로드웨이

바람으로 세상이 터무니없이 차가워졌다. 어둠이 성큼 내게 다가서 있다. 허허롭다. 바람은 왜 항상 내가 가려는 곳의 반대쪽에서 불어오는 걸까? 2014년 1월, 나는 뉴욕 거리에서 이런 생각을 했다. 마침 내리던 눈발이 바람의 힘을 받아 내 얼굴을 세차게 때렸다. 얼굴이 아팠다. 나는 브로드웨이에서 무대를 잃고 음악 때문에 처음으로 좌절하고 있었다.

'난 도대체 무엇을 위해서 여기에 서 있는 거지? 나 하나도 제대로 지키지 못하면서 대체 무엇을 위해서 이렇게 아등바등 사는 거지?'

대학을 졸업하고 바로 뉴욕으로 왔을 무렵이다. 늘 그려왔던 꿈의 무대 브로드웨이가 내게 무슨 마법을 부린 걸까? 이곳은 그 존재만으로 내 심장을 뛰게 했다. 머릿속에서 떠나지 않았다. 자다가도 음악 소리에 눈을 뜨고, 주말에는 타임스퀘어 주위 건물에 다닥다닥 붙어 있는 공연 포스터들이 잘 왔다고 내게 인사를 건네는 것 같았다. 무엇보다 내 꿈의 배

경이 된 미국 뉴욕 맨해튼의 대로 일대는 극장이 밀집해 있어 미국 연극계의 대명사로도 통하는 곳이다. 이곳의 거리는 내 심장을 뜨겁게 달구었다.

'그래, 난 이곳에서 진짜 뮤지컬 배우가 될 거야. 이제 시작이야.'

노래로 대사를 전달하는 뮤지컬이 예전만큼 사랑받지 못하고 고전 영화가 쉽게 잊히는 시대이지만, 나는 꼭 뮤지컬 배우로 성공하고 싶었다.

브로드웨이라는 이름은 그 자체가 미국 연극계의 실질적인 동의어로 사용되고 있다. 그러나 현실 속 브로드웨이는 전쟁터다. 나는 오직 일만 생각했다. 언젠가 무대에 설 수 있다는 기대로 하루하루 버텼지. 대형 극장들과 주변 소극장에서 매일 수십 개의 공연이 올려지지만 내가 올라갈 무대를 잡는 것은 쉽지 않았다. 아니 번번이 오디션에서 미끄러졌다. 그래도 나의 일상은 오디션으로 시작해서 오디션으로 끝났다.

좀 더 덧붙이자면… 새벽 5시부터 외부 오디션 공연장에 줄을 선다. 내 앞엔 300명 정도의 사람이 나와 똑같은 마음으로 기다리고 있다. 그렇게 세 시간쯤 지날 무렵, 오디션장에 들어가 단 10초에 모든 것이 끝난다. 이렇게 매일 월, 화, 수, 목, 금…. 나의 일상이었다. 언젠가 기적처럼 캐스팅이 될지 몰라 정식 취업은 할 수도 없었다. 시간제 아르바이트로 근근이 지내다 대사 몇 마디도 없는 역할로 무대 위에 서는 게 전부였다.

그래도 그건 좋았다. 번번이 떨어지는 오디션!! 그때의 내 감정이란 마치 세상 모든 것이 나를 비웃는 것 같았다. 아니… 이 세상에 디아라는 사람은 존재하지 않는 것처럼 세상이 나를 조롱하는 것 같았다. 마음을 잡고 잡으려 해도 또 다시 세상은 나를 넘어뜨리곤 했다.

'이렇게 살아도 될까? 이렇게?'

오늘도 나는 브로드웨이의 밤거리에 섰다. '널 어쩌면 좋으냐'고 유리

창에 비친 나 자신에게 물었다. 창문 너머로 건너편 불 켜진 아파트가 보였다. 불 켜진 창문들을 세어보며 나만 힘들게 사는 건 아니라며 나는 스스로를 억지로 위로했다.

그러던 어느 날 나에게 기회가 찾아왔다. 참가했던 <킹 앤 아이The King and I> 오디션에서 내가 '탑팀의 애나 역'으로 낙점되었다는 것이다. 이미 영화로 우리에게 친숙한 <킹 앤 아이>는 1951년에 초연되어 60년 넘도록 장기 공연되고 있는 뮤지컬의 고전이다.

'정말? 그 뮤지컬에 내가 주인공으로? 정말이지? 멋지게 해내고 말테다.'

<킹 앤 아이>의 줄거리를 잠깐 소개하면, 1860년대 시암 왕이 왕족에게 영어와 서구 사상, 철학을 가르칠 목적으로 영국인 미망인 애나를 가정교사로 맞이하면서 벌어지는 일을 그린다. 서로 다른 사고방식을 가지고 있는 시암 왕과 애나는 사사건건 충돌을 일으킨다. 여기서 애나는 서구의 합리성을 보여주고, 시암 왕은 동양을 대표하는 인물로 그려지는데….

나는 밤새워 연습했다. 애나라는 역은 앞으로 뮤지컬 배우로서의 방향성에도 가치 있는 경험이 될 것 같아 나를 설레게 했다.

'그런데 이 불안감은 뭐지? 왜?'

첫 연습을 앞두고 이상하게 마음이 자꾸 떨려왔다. 연습실 문 앞에서 나는 한참 숨을 골랐다. 그리고 강해지기로 결심했다.

'첫인상이 중요한데, 들어가서 어떻게 인사를 할까? 일단 웃을까? 아냐, 좀 가벼워 보일 수 있어. 그래, 적당한 입가의 미소. 그게 좋겠어.'

나는 억지웃음을 머금고 문을 열고 들어섰다. 순간, 이상한 분위기가 감지됐다. 뭔가 잘못된 것 같았다. 아니나 다를까, 캐스팅 디렉터가 나를 부르는 게 아닌가!

"이거 미안해서 어떻게 하죠? 캐스팅이 바뀌었습니다. 정말 미안합니다."

나는 너무나 억울했지만 받아들일 수밖에 없었다. 브로드웨이에선 이런 일이 자주 일어난다. 연습실을 나와 커피 한 잔을 샀다. 컵을 잡은 손 안으로 온기가 전해져 왔다. 눈물이 왈칵 쏟아져 내렸다. 아마 그날이 브로드웨이 시절 중 제일 많이 울었던 날인 것 같다.

대학을 졸업하고 나면 많은 것이 달라져 있을 줄 알았어. 어디선가 나를 부르는 곳이 있을 것 같았고, 돈도 벌 수 있을 줄 알았다. 그러나 달라진 게 없었다. 더욱이 브로드웨이에 와서도 변한 것이라고는 아무것도 없었다. 가장 저렴한 음식으로 끼니를 때우고, 최소한의 생계비를 벌기 위해 아르바이트를 했다. "아 유 믹스Are you MIX 너 아시안과 다른 유럽인이 섞인 거니?" 하며 배역에서 거절되는 일도 다반사였다. 뮤지컬 배우가 되겠다는 꿈 하나로 버텨내야 하는 시간은 점점 길어지고 있었다.

그때 내게 찾아온 창작 뮤지컬 <브론즈 미러Bronze Mirror>. 정말 꿈 같은 일이 내게 일어났다. 나는 이 뮤지컬에서 첫 번째 주연을 맡아 입양된 아이를 연기했다.


잠깐! 잠깐! 이 이야기를 하고 넘어가야 할 것 같다. 내가 브로드웨이에서 공연했다는 사실을 두고 진위 여부가 제기된 적이 있다. 그건 브로드웨이라고 하면 대규모 극장만 떠올려서 생기는 오해다. '오프 브로드웨이'라고 브로드웨이에는 소규모 극장 중심의 공연장들이 따로 있는데 내가 선 무대는 바로 그 무대였다.

<브론즈 미러>는 그야말로 어렵게 선 무대였다. 십 년이 지났지만 무대장치 하나하나가 다 기억나고, 관객석과 내 연기를 바라보던 시선들이 기억난다. 그만큼 내 인생에서 가장 강렬했던 무대. 하지만 관객 수가 많

지 않다는 이유로 공연은 짧게 막을 내렸다. 그게 브로드웨이라는 정글
의 법칙이니까.

# 어느
## 평범한
## 오후의
## 반란

    브로드웨이 첫 주연작인 <브론즈 미러> 공연을 마치고 집으로 돌아오는 다리를 건너다가 저녁노을을 잠시 바라봤어. 얼마나 아름다운지. 그런데 어디서 많이 본 듯한 노을이었어.

    '어디지? 어디서 본 걸까? 아, 어린 시절 아이들과 뛰어놀면서 본 노을을 닮았네.'

    나는 차를 세우고 지는 노을을 아쉬운 마음으로 바라보았다. 그리고 차에 타려고 고개를 돌리는데 반대쪽 하늘에서 별이랑 달이 떠오르고 있는 거야. 그 모습도 너무 예뻤다. 내 고향 대한민국에서 본 달과 별 같았으니까.

    정말 그때 그런 생각을 했다. 그러나 그런 생각도 잠시, 몸에 이상 신호가 찾아온 거야. 처음엔 몸살인가 했다. 여기저기 쑤시고 잦은 기침이 나왔어. 혼자 지내다가 세상 가장 서러울 때가 아플 때 아닌가. 그래도

꿋꿋이 견뎠다.

'괜찮아지겠지. 괜찮아. 조금 쉬면 될 거야. 일단 쉬어보자.'

그러나 차도가 없었다. 게다가 기침을 하자 피까지 나오는 게 아닌가!

'앗, 이건…!'

놀라기도 했지만 순간적으로 눈에 계속 눈물이 고여 앞이 안 보일 정도였어. 기침도 계속 나와 숨이 턱턱 막혔어. 폐에 문제가 생겼는지 숨을 쉴 때마다 목에서는 크렁크렁 소리가 났다. 병원비가 부담돼서 통증을 참아보려 했지만 결국 병원을 찾을 수밖에.

"왜 이제 왔어요? 폐렴 직전에다 이대로 놔두면 앞으로 노래를 못 하게 될 수도 있습니다."

몸과 마음이 지칠 대로 지쳐 있던 나는 의사의 말에 더 이상 괜찮은 척할 수 없었다.

'집으로 가자. 엄마 아빠가 있는 곳으로 가자!'

그날로 다시 짐을 꾸렸어. 나는 그렇게 3년간의 뉴욕 브로드웨이 생활을 일단 정리하고 아픈 몸을 이끌고 샌디에이고로 돌아왔어. 물론 일단 몸을 추스르면 다시 브로드웨이로 돌아갈 생각이었지. 내 꿈은 오로지 '뮤지컬 배우'였으니까.

집으로 돌아온 나는 아빠의 무릎을 베고 누웠다. 언제나 말없이 딸을 이해해주던 아빠는 딱딱해진 딸의 팔을 주무르다가 무심하게 한마디 했다.

"그냥 우리와 함께 있자. 더 이상 고생하지 말고."

순간 자꾸만 억울함이 밀려오는 거야.

'아빠, 나 지금 너무 힘들어. 내 안에서 자꾸 커가는 욕심도 힘들고, 너무나 열심히 했는데 결과가 없어서 잠 못 드는 밤도 힘들고, 매일 오디

션 보는 것도 이제는 지쳐. 혼자 애써봐도 늘 제자리고 길이 보이지 않아. 아빠, 정말 그만둬야 하는 걸까? 이제 나 어떻게 해, 아빠.'

하지만 그 말을 밖으로 내놓진 못했어. 부모님까지 힘들게 하고 싶지 않았기 때문이지. 의사의 말이 자꾸 머릿속을 맴돌았어. 하지만 나는 아빠나 엄마 앞에서 절대 약한 모습을 보이고 싶지 않았어. 그러다 보니 가슴속에는 하지 못한 말들이 쌓여가고 있었지.


살아가다 보면 가끔씩 너무 뻔해서 듣고 흘려버리는 이야기들이 있다. 예를 들면 이런 거다. '한 치 앞을 모르는 게 우리 인생'이라는 조언! 정말 내가 그랬으니까.

드드드 드드드. 진동으로 바꿔놓은 휴대폰이 울렸다. 발신자 번호를 보니 한국에서 걸려온 전화. 누구지? 잠시 망설이다 전화를 받았다.

"여보세요. 아, 언니! 어쩐 일이야?"

휴대폰 너머로 들리는 목소리는 사촌인 디바제시카 언니의 목소리였다. 너무나 반가웠다.

"디아야!!"

그동안 누군가 만나 수다를 떨면서 스트레스를 좀 날려 보내고 싶었는데 때마침 온 언니의 전화가 너무나 반가웠다. 그만큼 언니는 편하고 나를 나만큼이나 잘 알고 이해하는 사람 중 한 사람이다. 언니는 그간의 내 이야기를 다 들었다고 했다.

"너 지금 폐렴 걸렸다며? 앞으로 어떻게 노래하려고 그러는데?"

"지금은 많이 좋아졌어."

"다행이다. 그런데 너 그동안 브로드웨이에서 뭐한 거야?"

언니의 직설화법이 핵폭탄급으로 들어왔다.

"뭐하긴…. 계속 노래하고 지냈지…."

"보나 마나 기회나 많이 있었겠니? 네가 말 안 해도 다 알아. 그러지 말고 한국으로 와."

"언니, 난 다시 뉴욕으로 갈 거야. 언니도 알잖아. 내 꿈이 뮤지컬 배우라는 거."

"알지. 아는데…. 지금까지 어려웠는데 다시 가면 잘 될까? 물론 넌 자신감이 있겠지. 그런데 인생은 그렇게 쉽지 않다. 이미 3년 동안 경험했잖아…."

언니 말의 요지는 한국에 돌아와 함께 일을 해보자는 것이었다. 브로드웨이에서 뮤지컬 배우로 활동했지만 무명 생활에 어려움을 느낀 나에게 언니가 권한 것은 인터넷 생방송.

"언니, 나는 뮤지컬을 더 하고 싶고, 노래를 부르고 싶어."

"디아야, 잘 들어봐. 네가 좋아하는 노래를 다른 사람들에게 맘껏 들려줄 수 있어. 물론 뮤지컬 노래도 맘껏 부를 수 있지. 네가 공연장을 스스로 만들어서 노래를 하고 네가 하고 싶은 노래를 실컷 하면서 살 수 있다니까?"

"정말 노래를 실컷 할 수 있다고?"

순간 설렜다. 내가 좋아하는 노래를 맘껏 부를 수 있다는 건 행복 아닌가?

"언니, 그럼 나 한국 가면 도와줄 수 있어?"

"그렇다니까. 한국으로 와. 노래하게…."

"정말이지? 정말 노래만 하면 사람들이 내 노래를 들어준다고?"

"그렇다니까?"

언니의 제안은 내가 노래를 계속할 수 있고, 재능까지 맘껏 펼칠 기회를 만들 수 있다는 희망이 가득 찬 내용이었다. 사실 내 삶의 모토는 '노래를 부르면서 나누는 즐거움, 이왕이면 재미있게'이다. 정말 음악으로

가치 있는 삶을 살아가고 싶었다. 그러니 어느 무대이든지 노래만 부를 수 있다면 좋을 것 같았다.

"언니… 난 노래가 부르고 싶고, 노래로 성공하고 싶어."

"알지. 내가 왜 네 뜻을 모르겠니? 네가 하고 싶은 일을 하면서 너의 인생을 가치 있게 가꿔봐. 내가 생각해볼 때 미래에도 가장 확실한 사업은 문화 사업이야. 그러니 너도 이번 기회에 폭넓은 인생의 계획을 세워보는 거야."

언니의 전화는 그동안 이민자로 아등바등 버티며 까맣게 잊고 살았던 고국에 대한 그리움을 함께 가져다주었다. 그리운 모국어로 이야기를 주고받는 동안, 그 모국어조차 나를 한국으로 이끄는 결정적 계기가 되었다. 아무리 힘든 생활이 온다 해도 노래를 부를 수 있는 환경이라면 어디에서고 행복할 수 있을 거라고 생각하던 나는 내가 그렇게 좋아하는 노래를 내 조국에서 맘껏 부를 수 있다는 사실에 흥분하지 않을 수 없었다.

'그래, 노래와 함께 내 모든 열정을 쏟아내보자.'

그리고 그날, 난 얼마 전에 산 노트북을 팔아 한국행 비행기 표를 예매했다.

# 디바제시카,
## 나에겐
## 평범한
## 사촌 언니

살면서 가슴이 조마조마, 심장이 떨리는 일을 만나게 될 확률은 전체 인생에서 몇 프로나 될까? 말 그대로 심장박동 수가 올라갈 만한 설레는 일로만! 첫 무대에 섰던 그때? 사랑하는 사람을 만나는 일? 그리고 또 하나…. 8년이 됐어도 마이크 앞에만 서면 난 심장이 떨린다. 심장이 두근 거리는 일, 가슴이 조마조마한 일, 사실 이런 일은 가끔씩 만나도 되는 일 이건만 나는 8년째 계속하고 있다. 그런데 그건 내가 살아 있다는 증거 아닐까? 오늘도 실시간 방송을 켠다. 나는 8년차 뮤직 크리에이터다.

지나온 순간순간을 세세히 떠올리면 어느 한순간도 치열하지 않은 순간이 없다. 물론 이 모든 과정은 내 사촌 언니 디바제시카를 만나 이루 어졌다. 방송 진행 방식을 비롯해 유튜버로서의 매너까지 언니의 영향을 받았다. 우린 생활도 함께했다.

"언니, 한국으로 돌아오길 너무 잘한 거 같아."

정말 내 나라가 좋다. 나는 낯선 서울에서 언니와 꼭 붙어 지냈다. 개인 방송을 준비하는 동안, 우리 두 사람은 쿵짝이 잘 맞아 늘 신나고 유쾌했다.

"언니, 이름은 어떻게 할까?"

"그러게. 안슬기, 리디아. 둘 다 좀 뭔가 심심한데. 디바디아, 디바슬기. 가만 있어봐라…. 네 별명이 뭐였지?"

"미국에서 친구들이 버블Bubble이라고 했어."

"버블? 거품?"

"아니, 미국에서는 버블이 통통 튄다는 의미로 쓰이거든."

"버블디아? 버블디아 좋다!"

나의 예명 '버블디아'는 그렇게 탄생했다. 그리고 나는 버블디아로 제시카 언니의 소속사와 계약한 첫 번째 연예인(?)이 되었다.

버블디아 방송의 콘텐츠는 '음악'이다. 고민의 여지가 없었다. 그래서 돌아온 거니까.

"디아야, 콘텐츠 내용을 구체적으로 생각해봤니?"

"음… 내가 뮤지컬 전공자이지만 다양한 장르의 곡을 커버하는 것도 가능할 것 같아."

나는 철저한 분석쟁이다. 개인 방송을 하기로 결심한 날부터 이미 음악 콘텐츠들을 모니터하며 버블디아만의 차별화 전략을 찾고 있었다. 물론 재미가 있어야 하지만 시청자에게 의미 있는 콘텐츠를 만들어보고 싶었다.

"내가 경험했던 발성법을 공유해보면 어떨까?"

뮤직 크리에이터를 준비하면서 나는 정말 행복했다. 내 열정을 깨우는 이 새로운 도전이 설레고 좋았다.

"실시간 방송에서는 신청곡을 받아 라이브를 해보고 싶어."

카메라 앞에 앉아 실전 연습을 해본다. 발음이 샌다. 부자연스러운 시선 처리와 이 어색한 표정은 또 어쩔 거야. 그런 내 모습을 보고 있다가 언니가 까르르 웃어댄다. 우리는 마치 사춘기 소녀처럼 별것도 아닌 일에도 숨이 넘어갈 듯 웃곤 했다. 나는 부정확한 발음이 교정될 때까지 한동안 펜을 입에 물고 살았다. 될 때까지 해보자. 반복적인 훈련만큼 실전 상황에의 대응 능력을 키우는 건 없으니까. 그렇게 7~8개월간의 준비를 마쳤다.

2014년 5월 27일, '버블디아'로 첫 방송을 시작했다. 두근두근. 쿵쿵쿵. 방송 내내 멈추지 않던 그날의 내 심장 소리를 기억한다.

매일 방송이 끝나면 언니 방으로 가서, 언니 앞에서 책을 읽었다. 발음 교정 때문이었다. 어디 그뿐인가? 내가 방송하는 날, 많은 사람이 좋아해주고 시청률이 높은 날에는 방 건너편에서 언니의 함성 소리가 들렸다.

"오 마이 갓. 예스!!"

언니는 내 일을 자기 일처럼 좋아했다. 또 도와줄 수 있는 것은 없을까 늘 생각했다. 꾸준히 콘텐츠를 발전시키고 선도하며 내가 성장하기를 기대했다. 언니와 나는 정말 끈끈했다.

"너 오늘 방송 잘하더라. 자연스러워. 사람들 반응도 좋고. 나가자. 내가 밥 살게."

"이 새벽에?"

방송을 끝내고 우린 밤 데이트를 즐겼다. 특히 벚꽃이 찾아오는 시기가 되면 봄 공기가 주는 특유의 온도가 더해져 언니와 함께 걸으면 마음이 설레곤 했다. 밥 먹고, 맥주 한 캔 마시고, 밤 산책을 신나게 하면서 새벽 공기 마시는 일을 우린 정말 즐겼다. 은근 '찐' 행복이었다.

지금도 디바제시카와 친하냐고? 아니, 가족인데 질문 자체가 이상한

거 아닌가? 그냥 얼굴만 보고도 감정을 느낄 수 있고, 서로 이해할 수 있
는 게 가족 아닌가?

그리고 8년이 흐른 2022년. 나는 국내 구독자 156만 명을 보유한 뮤
직 크리에이터다. 우주로 쏘아 올린 발사체가 궤도를 벗어나면 우주 미
아가 된다. 그러나 인생의 궤도는 잠시 벗어나도 괜찮다. 내가 브로드웨
이를 벗어나면서 새로운 꿈을 꿀 수 있게 된 것처럼 말이다.

난 안다. 나에게 제일 중요한 건 음악을 진짜로 사랑해야만 이 일을
계속할 수 있다는 것. 그리고 정말 사랑해야만 견딜 수 있는 순간들이 내
게로 찾아온다는 것을 말이다.

# 일주일을
# 채우는
# 나의
# 루틴

1. 월요일 발성 교습(2타임), 커버곡 연습
2. 화요일 커버곡 녹음, 커버곡 영상 촬영
3. 수요일 록 발라드 레슨, 라이브 방송
4. 목요일 발성 교습(3타임)
5. 금요일 성악 레슨, 커버곡 영상 컨펌 받기, 다음 주 커버곡 선정, 커버곡 영상물 게재, 라이브 방송
6. 토요일 피아노 레슨, 발성 교습(2타임), 커버곡 편곡 요청, 라이브 방송
7. 일요일 편곡된 커버곡 연습

해가 뜨기 시작하는 어스름한 새벽, 우렁차게 울리는 휴대폰 알람 소리에 눈을 뜬다. 졸린 눈을 비비고 침대에 누운 채 목으로 소리를 내

본다.

'아~ 아~ 어? 오늘은 비가 오나 본데?'

일어나 커튼을 젖혀보니, 새벽 비에 젖은 이름 모를 새가 푸드덕푸드덕 날개를 퍼덕이며 지나간다. 비가 온다. 드디어 기다리던 봄비가 내린다.

역시 내 성대는 기상청 예보보다 정확하다. 아침에 일어날 때 느껴지는 특유한 느낌으로 비가 왔는지 안 왔는지 알 수 있다. 적중률 100%. 그래서 비가 오면 맑은 날씨에는 알 수 없었던 내 목의 부실함(?)을 들키게 된다. 오래전부터 그랬다. 내 목은 비 오는 날을 기막히게 알아챈다. 그러나 목의 부실함이 결코 나쁘지 않다. 그도 그럴 것이 비 오는 날이면 내 목 컨디션은 최상의 상태가 되고, 이런 날엔 어떤 노래를 불러도, 몇 곡을 불러도 괜찮기 때문이다.

어떤 사람은 비 오는 날이 싫다고 한다. 우산을 써야 하고, 옷이 젖고, 손이 불편하고, 축축하고, 우울한 느낌이 들고…. 그래서 비가 오면 컨디션이 떨어지고 불쾌지수가 올라가고 심한 사람은 몸살까지 생긴다는데, 난 비 오는 날이 좋다.

'아침을 먹고 오늘 할 일을 시작해야지! 그래, 내 일주일을 채우는 루틴들을 모아볼까?'

난 일주일에 한 번은 반드시 영상을 제작해서 올린다. 영상 내용은 팬들이 좋아하는 곡을 선정해 만든 커버곡이다. 특별한 일이 없는 한, 나는 일주일에 3회 라이브 방송 일정을 지킨다. 그건 소중한 팬들과의 약속이기 때문이다.

음악을 원하는 시청자의 귀는 점점 고급스러워지고, 취향도 다양해지고 있다. 정말 음악을 좋아하는 사람들은 자신이 원하는 것을 찾아 들으니 나는 늘 고민하게 된다. 수, 금, 토요일에 라이브 방송을 진행하면서

요일별로 그날의 노래 장르를 다르게 한다. 그래야만 방송을 하는 나도 지루하지 않고, 방송을 듣는 팬들도 즐거워하기 때문이다.

그리고 일주일에 한 시간씩 '성악, 피아노, 록 발라드' 세 장르의 레슨을 빠지지 않고 받는다. 이건 정말 내게는 새로운 도전이다. 나는 대학에서 음악을, 그것도 노래 부르는 것을 전공으로 배웠지만, 아직도 음악에 대한 공부가 부족하다는 것을 새롭게 느끼곤 한다. 그래서 다시 학업에 대한 열정을 불태우고 있다. 어른들이 공부는 다 때가 있다고들 하는데, 그 말이 맞는 것 같다. 요즘 날 보면 집중력도 떨어지고, 체력도 학생 때 같지 않다. 하지만 열심히 공부 중이다. 또 내게서 발성법과 노래를 배우는 레슨생이 7명 있다. 월요일에 2타임, 목요일에 3타임, 다시 토요일에 2타임, 일주일에 총 7타임에 걸쳐 그들에게 제대로 된 발성법을 알려준다.

실제로 내 일주일은 정말 바쁘다. 언뜻 보기에는 무척 단순하고 한가해 보이지만, 그 안의 여러 사정들을 알고 나면 혼자서 소화하기에는 버거울 정도로 반복적인 루틴들이다. 그래서 나는 내 나름의 계획을 세우고, 시간을 철저히 배분해서 사용하는 편이다.

맞다. 나는 계획형 인간이다. 난 적당히 설렁설렁, 그냥 넘어가는 일이 없다. 물론 그렇지. 계획을 세운다고 그 계획이 그대로 지켜지는 것은 아니지. 하지만 그럼에도 불구하고 내가 매주 계획을 세우는 것은, 스스로와의 약속을 다지기 위해서다. 약속은 지키라고 있는 거니까, 그만큼 나 역시 나 자신과의 약속을 지키기 위해 더 노력하기 위해서다. 나는 이런 일상과 루틴에 나름 익숙해져 있다. 그래서 매일매일 계획을 실행했는지 체크, 또 체크한다.

'이번 주 커버곡 영상물은 다 올렸나?'

'라이브 방송은 잘 마쳤나?'

나의 일주일은 내 채널을 구독해주는 모든 분들과의 약속을 지키고

나서야 마무리가 된다.

"아, 이번 주도 이렇게 잘 끝났어~~"

나는 그때야 안도의 숨을 쉰다.

버블디아 채널을 운영하면서부터 나의 일상은 이렇게 습관화되었다.

## \<ON AIR\>
## - D day

화장기 없는 맨 얼굴로도 봄 햇살처럼 밝을 수 있으면 얼마나 좋을까? 꾸미지 않은 자연스러운 모습으로도 비누 향 같은 상큼함을 가질 수 있다면 누가 부럽겠는가? 그런 나를 꿈꿔보지만, 이제 귀엽고 상큼한 모습과는 거리가 멀어지고 있다. 벌써 나이가···.

거기다 나는 이상하게 꾸미는 일에 익숙하지 않다. 내 외모를 치장하는 일에는 세상 귀차니즘으로 대하는 라이프스타일이다. 하지만 라이브 방송이 있는 날에는 이런 나도 아침부터 부지런을 떨 수밖에 없다. 나를 아껴주는 팬들에게 최대한 예쁜 모습을 보이고 싶으니까.

'그런데 나를 꾸미는 일을 다른 사람에게 맡길 순 없잖아?'

나는 라이브 방송을 위한 메이크업, 헤어, 옷 코디를 나 스스로 직접한다. 몇 년을 그렇게 일하다 보니, 이제는 거의 준전문가 수준 정도는 되는 것 같다. 그래서 나는 시간이 생길 때마다 이런저런 스타일의 헤어

와 메이크업을 직접 해보면서 내게 어울리는 스타일, 버블디아만의 스타일을 만들어가고 있다.

다들 알겠지만, 내 라이브 방송은 록 발라드가 메인이다. 그러다 보니 옷이나 화장 스타일도 록 발라드에 어울리는 '쎈 언니로 가지 않을까' 하는 선입견들이 있다. 나는 이런 선입견을 뒤집고 싶었다. 왜 록 발라드를 부른다고 해서 로커처럼 치장해야 하지? 게다가 그런 '쎈 언니' 스타일은 나한테 잘 어울리지도 않는다. 그래서 나는 록 발라드 라이브 방송에서 오히려 여성스러운 청순함을 강조한다. 공들여 헤어 스타일링과 메이크업을 하고 미리 준비한 옷으로 갈아입고 거울 앞에 서면, 내가 보인다.

'으흠~ 이제야 버블디아다운 모습이네.'

드디어 카메라를 켜고 라이브 방송을 시작한다. 채팅창의 대화는 오늘 내 외모와 스타일에 관한 것으로 시작된다. 라이브 방송에서는 시청해주시는 팬분들의 팬심이 금방 나타난다.

"예뻐요. 잘 어울려요."

시크한 눈빛으로 무심하게 시청자를 바라보는 모습을 연출해본다.

"섹시해요. 귀여워요."

물론 칭찬이 좋다. 그러나 가끔 좌충우돌 내 일상에 기분 나쁜 글을 남기기도 한다. 그런데 이건 진실인데, 내 라이브 방송이 아닌 외부 스케줄 때문에 방송에 나가면 카메라 감독님들로부터 꼭 듣는 말이 있다.

"아쉽네. 아쉬워. 카메라가 실물을 못 담네."

'카메라 마사지'라고 하나? 카메라 앞에 자주 서서 방송에 나오면 더 예뻐진다고들 하지 않나? 하지만 내가 내 라이브 방송이 아닌 다른 카메라 앞에 서면 카메라 감독님들이 아쉬운 표정으로 고개를 젓는다. 이건 나만의 생각이 아니라, 진짜 카메라 감독님들이 하는 말이다.

'아, 나는 내 라이브 방송 카메라 앞에서만 마사지 효과를 보는 건가? 슬프다.'

그날은 과부하 상태로 잔뜩 지쳐 있었다. 몸은 물론 목의 컨디션도 좋지 않았다. 머리가 아프고 몸이 무겁고 피곤했다. 방송 중 나는 아스피린 네 알을 먹고 버텼다. 어떻게 방송을 마무리했는지 기억조차 나지 않는다. 정신력으로 버텼다. 난 정신력 하나는 자신 있다. 결국 방송이 끝나자마자 퍽 쓰러져 응급실행. 예방책은 그저 균형 잡힌 충분한 영양 섭취와 수면, 적당한 운동, 그리고 과로하지 않는 일상을 보내는 것이 전부인데… 왜 그게 이렇게 어려운 걸까.

어쨌거나 라이브 방송이 있는 날, 내게 가장 어려운 미션은 내 목의 컨디션을 최상으로 끌어올리는 일이다. 라이브 방송을 위한 내 목 관리 노하우를 몇 가지 알려줘볼까?

1. 일단 물을 자주 마신다. 적당한 수분 유지는 목 관리에 큰 도움이 되니까.
2. 낮잠을 잔다. 충분한 휴식은 목 컨디션에도 영향을 미치니까. 아무리 건강을 타고난 사람이라도 꾸준히 관리하지 않으면 좋은 상태를 오래 유지할 수 없다. 내가 방송 콘텐츠로 올바른 발성법을 올리는 이유도 바로 이런 점 때문이다.
3. 저녁 식사는 라이브 방송 다섯 시간 전에 먹는다. 방송 전에 소화가 다 되어야 노래가 잘 나오니까.
4. 방송 세 시간 전에는 스튜디오에 가져갈 음료수들을 챙긴다. 따뜻한 물 두 병, 시원한 물 세 병. 그리고 다이어트 중일 때는 초콜릿을 추가한다.

5. 방송 90분 전, 드디어 카메라 앞에 앉는다. 시각은 밤 9시 30분. 이 때부터 방송을 위한 정식 스탠바이가 시작된다. 컴퓨터, 카메라, 조명 등의 장비를 켜고, 음악을 들으며 팬분들이 입장하기를 기다린다.

이렇게 철저히 준비해도 라이브 방송 중엔 예상하지 못한 일들이 종종 생긴다. 특히 날 긴장시키는 댓글 참여! 방송에는 분명 700명이 들어와 있는데, 댓글 참여는 20여 명이 전부다. 사실 라이브 방송 중에는 보다 많은 댓글이 올라와야 소통을 할 수 있다. 댓글이 적어서 소통이 부족한 날에는 '노래를 더 불러야 하나?' 하는 생각이 들면서 입이 바짝 마른다.

실제로 두 시간 라이브 방송을 하면서 30곡 넘게 부른 날도 있다. 그러다 보면 의도치 않은 실수들을 하게 될 때도 있다. 노래 부르는 중간에 가사를 잘못 부르는 실수야 뭐 애교 수준. 심지어 우리 집 주소가 방송 중에 노출된 적도 있고, 내가 앉아 있던 의자 다리가 방송 중에 부러진 적도 있다. 이런 사건사고들에는 그저 쿨하게 대응할 수밖에 없다.

'방송 중에 갑자기 일어나는 일을 내가 뭐 어쩌겠어…'

아무 일도 없는 것처럼 '레드 선!' 주문을 외치거나, 내 실수를 '쿨하게' 인정하고 팬들과의 추억으로 남길 수밖에….

'어쩌면 팬분들은 이런 사건들을 재미있는 추억으로 기억할지도 몰라.'

이런 자기 위로와 주문을 걸고 싶어진다.

"생각나지 마라~ 생각나지 마라~ 절대 생각나지 마라!"

9월 21일 밤 기억나?

사랑이 아닌 척하는 사람들의 마음까지 바꾸고 있었어.

우리 마음이 울리고 있었어.

기억나? 그날 별들이 얼마나 밝게 빛났는지.

이제 우리 종이 울려.

우리 영혼이 노래해.


나에게 특별히 위로가 되는 곡, <셉템버september>.

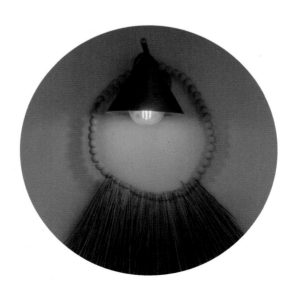

## 스튜디오에
## 비밀이
## 있다

　우리 집 가장 안쪽에는 비밀의 방이 하나 있다. 다른 가족들은 잘 드나들지 않는, 나만의 공간. 만약 이상한 나라의 앨리스가 지금 내 뒤에 있다면, 궁금증을 참지 못하고 내 뒤를 졸졸 따라 그 방으로 들어오겠지? 내 방에 들어온다면, 앨리스는 어떤 반응을 보일까?

　나는 문을 열고 그 비밀의 방으로 들어간다. 직사각형 모양의 방 안쪽에 테이블이 하나 있다. 테이블 위에는 컴퓨터와 조명기기들이 설치되어 있고, 왼쪽으로 시선을 돌리면 디지털 피아노 한 대가 놓여 있다. 일반 가정집의 방이라고는 좀처럼 생각되지 않는 느낌이다. 이건… 스튜디오?

　그렇다. 이 방은 내가 노래 연습을 하고 라이브 방송을 하는, 나만의 스튜디오다. 이곳에서 나는 그 누구에게도 방해받지 않고, 내 마음껏 노래하고 사람들과 소통할 수 있다. 이 비밀의 방이야말로 내가 오롯이 버블디아가 되는 공간이다.

이 방에 들어오면 나는 마음이 편안해진다. 어떤 기분이 드느냐면, 마치 내 주변으로 수만 마리의 나비가 너풀너풀 날아다니는 것 같다. 그 나비의 날갯짓이 내 몸을 살짝살짝 건드리며 나를 기분 좋게 간지럽히는 것 같다.

이 방의 모든 것은 내가 직접 꾸몄다. 버블디아라는 이름으로 처음 라이브 방송을 시작한 초기와 비교하면, 이 방도 엄청난 발전을 이뤘다. 처음 시작할 때는 뒤에 배경지 하나 없이 혼자 덩그러니 앉아서 진행했다.

'뭐야. 저건 누가 봐도 그냥 가정집 방이잖아?'

그 시절엔 라이브 방송이 대개 다 그런 식이었다. 하기야 이렇게 스튜디오처럼 꾸며놓긴 했어도 여전히 방은 방이다. 간혹 내가 내 집의 방이 아니라 외부의 스튜디오에서 라디오 방송을 하는 것이 아닌가 생각되는 것은, 내 라이브 방송의 콘텐츠 때문일 것이다. 밤 11시부터 두 시간 동안 노래를, 그것도 고음으로 크게 부르는 라이브 방송이니까. 그런데 이 방에는 상상 못 할 반전이 있다.

"쉿!! 이 방의 진짜 비밀은요…, 방음 장치가 전혀 안 돼 있다는 거예요. 진짜라니까요!"

누구나 집을 고를 때 각자의 기준이 있을 것이다. 평소에 대중교통을 많이 이용하는 사람이라면 역세권을 원할 것이고, 학교에 다니는 자녀가 있는 부모라면 학군을 따지겠지. 최근 밀레니얼 세대는 스타벅스가 가까이 있는 스세권, 편의점이 가까이 있는 편세권을 원한다는 얘기도 들었다. 나도 밀레니얼 세대니까 스세권이나 편세권을 따져보는 것이 시대의 흐름이겠지만, 나는 집을 고를 때 나만의 고집이랄까, 선택 기준이 있다. 그것은 바로 '위층'과 '아래층'이 모두 사무실이어야 한다는 조건이다.

"사무실은 퇴근 시간이 지나면 어떻게 되죠? 맞아요!! 빈 공간이

되죠!"

이런 상황이니 내가 한밤중에 아무리 노래를 크게 불러도, 위층이나 아래층에서 항의할 사람이 없다. 이럴 땐 뭐라고 외치는 거더라? 그래, '유레카!'

예전에 제시카 언니와 함께 살던 시절에 알게 된, 경험에서 우러난 '찐' 부동산 노하우다. 제시카 언니와 함께 살던 오피스텔의 위아래층이 모두 사무실이었다. 우리가 이사 나갈 때까지 층간소음이 문제가 된 적은 단 한 번도 없었다. 그때부터 쭉 내가 집을 선택할 때 최우선 기준이 바뀌게 되었다.

나는 무엇보다 라이브 방송을 우선시해야 하는 유튜버니까 층간소음에 대한 걱정 없이 노래 부를 수 있는 공간이 필요했다. 그런데 외부 스튜디오를 임대하려면 상당한 비용이 든다. 게다가 나만의 공간으로 만들 수 없기 때문에 내 개성을 잘 드러낼 수도 없다. 가장 좋은 건 우리 집에 스튜디오 설비를 갖추는 거다. 방의 위아래 옆면 모든 곳에 방음재를 넣고, 스튜디오용 격벽과 유리벽 같은 것도 마련하고, 녹음 시설이나 방송 시설도 최신으로 업그레이드하고… 원하는 대로 다 하려다 보면 끝이 없다.

'아… 내게 그럴 돈이 있다면 얼마나 좋을까?'

하지만 이런 생각은 부질없지! 현실적으로 생각하고 해결책을 마련하는 유일한 길! 바로 위층과 아래층이 사무실인 곳을 고르면 된다.

그래서 나는 오늘도 방음이나 층간소음 걱정할 필요 없는 내 비밀의 방에서 라이브 방송을 시작한다. 현실적인 나의 삶을 고스란히 배열해 보여주는 곳, 댓글 창에 벌써 많은 글들이 쏟아지고 있다. "이 노래 불러주세요." "저 노래 불러주세요." 신청곡들이 들어온다. 두 시간의 라이브 방송이 진행되는 동안, 내가 부르게 되는 노래는 평균 스무 곡 정도 되는

것 같다. 내 자랑 같지만, 내 라이브 방송은 반응이 꽤 좋다.

오늘은 한 팬분이 내 노래를 들으면 위로를 받는 느낌이고 편안함을 느낀다고 댓글을 올렸다. 내가 좋아하는 노래 부르기를 통해 누군가를 위로하고 평안을 줄 수 있다니 얼마나 기쁜 일인가. 이럴 때마다 나는 내가 버블디아라서 참 행복하다.

나, 버블디아에게 팬들과 실시간 소통할 수 있는 라이브 방송은… 바로 '행복'이다. 일주일에 세 번 라이브 방송을 하고 있으니까 일주일에 3일은 행복한 밤을 보내는 나…. 알고 보니 나 엄~청 행복한 사람이구나.

내가 행복한 만큼 사람들에게 행복을 주는 사람이고 싶다. 아주 오랫동안….

# 내
# 사전에
# '당연함'이란
# 없다

나는 끔찍스럽고 비현실적이지만 온몸을 사리게 하는 공포 영화를 좋아한다. 공포 영화를 즐기는 마니아다. 그러나 웬만한 공포 영화로는 나를 무섭게 할 수 없다. 그래도 시간이 나면 스크린의 어둑한 기운에 큰 매혹을 느끼며 공포 영화를 보러 간다. 그런데 어떤 공포 영화들은 전혀 무섭지 않아서 실망할 때가 더 많다. 결말이 예측되는 뻔한 영화. 그런 영화는 지루하고, 오히려 집중을 방해한다. 공포 영화에서는 예측할 수 없는 결말을 원하지만, 내 인생만큼은 내가 예측할 수 있고, 그 예측한 결말이 그대로 찾아왔으면 좋겠다.

그러나 그게 말처럼 쉬운 일인가? 우리 중 누구도 앞으로 어떤 일이 일어날지 결코 예측할 수 없다. 우리가 살아오면서 경험해본 것들을 돌이켜보면 아마 모두들 동의할 것이다. 매일 문제에 부딪히고, 고민거리가 생기고, 예상치 못한 사건 사고가 일어나고….

그렇다면 우리는 어떻게 미래에 대비해야 할까? 나는 한 가지 목표가 생기면 쉬지 않고 꾸준히 노력하는 타입이다. 그 이유는 간단하다. 노력은 배신하지 않을 뿐 아니라 미래를 어렴풋이 예측할 수 있게 해주기 때문이다.

유튜브에서 채널 버블디아를 검색해 들어가보면, 오늘 날짜<sup>2022. 2. 28</sup> 현재로 동영상이 1만 2000개 올라와 있다. 1만 2000개라고? 와아! 내가 그동안 엄청나게 올렸구나. 바로 이 업로드 영상의 숫자가 내 노력을 보여주는 결과물이다. 나는 지금도 1주일에 한 번씩 영상을 올린다. 내가 만든 커버곡 영상이다. 가끔 발성법에 관한 영상물을 올리기도 하지만, 커버곡 영상이 훨씬 더 많다.

나는 내 유튜브 채널을 내가 제일 잘할 수 있는 '음악' 콘텐츠로 시작하기로 마음먹었다. 그런데 음악 콘텐츠를 다루는 유튜버는 무수히 많다. 나만의 차별화가 필요했다. 그래서 많이 고민하고, 생각했다.

'나라서 할 수 있는 게 무엇일까? 나만이 할 수 있는 건 뭐가 있지?'

버블디아만이 할 수 있는 '그것', 오직 나만의 콘텐츠. 그렇게 찾아낸 것이 바로 모든 장르의 노래가 가능한 커버곡 영상이다. 노래 한 곡을 커버하기 위해 나는 많은 시간을 투자한다.

우선 시작은 곡을 선정하는 일이다. 금요일쯤 커버할 곡을 정하고, 그 노래를 계속 반복해 들으면서 편곡 방향을 잡는다. 토요일에는 편곡자에게 편곡을 의뢰하고, 일요일부터 편곡된 곡으로 노래 연습을 한다. 내 커버곡의 편곡자는 나와 6년 지기다. 6년을 함께하다 보니, 이제는 내가 '아' 하면 편곡자 친구는 '어'가 된다. 대충 말해도 편곡 방향을 찰떡같이 이해하고 알아듣는다. 월요일이 되면 집중적으로 연습을 한다. 예닐곱 시간 넘게 계속 한 곡만 집중해서 연습한다. 편곡된 곡을 완전히 내 노

래로 소화한다. 그리고 화요일, 드디어 커버곡 녹음과 영상 촬영을 마친다. 수요일부터는 다시 다음 곡 선정을 위한 준비를 시작하고, 완성된 커버곡 영상은 금요일에 유튜브 채널에 올린다. 커버곡 한 곡의 동영상은 3~4분 남짓이지만, 그 짧은 동영상을 제작하기 위해서는 이만큼의 시간과 노력이 필요하다.

커버할 곡을 선정하는 기준은 뭐냐고? 내 채널의 팬들은 20대에서 40대까지가 대부분이다. 그 세대들이 좋아하는 노래들이 모두 커버곡의 대상이 될 수 있다. 편곡의 방향은, 원곡의 재해석을 통해 원곡과 커버곡 사이에 존재하는 시간의 간격을 줄이는 것이 중점이다. 예를 들면, 40대 팬들이 좋아하는 1990년대 노래를 커버한다고 해보자. 2020년대인 지금과 30년이라는 세월 차이가 있다. 그래서 지금 들어도 세련된 곡이라는 느낌을 갖도록, 최대한 30년이라는 시간의 간격이 느껴지지 않도록 편곡한다. 커버곡이 다 편곡되고 나면, 얼마나 많이 불러봐야 완전히 내 곡으로 만들 수 있을까? 적어도 30~40번은 진심을 담아 제대로 불러봐야 한다. 어떨 때는 녹음하기 전까지 100번 넘게 불러본 적도 있다. 그렇게 진심을 담아 편곡한 노래를 내 것으로 만든다. 이렇게 곡 선정과 편곡, 연습과 열정을 통해 내 곡이 되고 나면 원곡과 커버곡은 분명 같은 노래인데 전혀 다른 느낌이 들게 된다.

나는 확실히 도전을 즐기는 편이다. 새로운 도전으로 내 생각을 전환시킨다. '남자 가수의 노래를 커버해보면 어떨까?' 이런 새로운 생각 전환으로 도전이 시작된다. '이번에 남자 가수의 노래를 커버하는데, 키를 한번 올려볼까?' 이런 나의 도전은 계속됐다. 남자 가수들의 노래를 처음엔 2키, 나중엔 4키씩 올려가며 커버곡을 제작하기 시작했다. 팬들의 호응은 놀라웠다.

2키 올린 김상민의 <YOU> 커버곡, 4키 올려 부른 이수의 <My Way> 커버곡은 조회 수가 1000만을 돌파했다. 그 뒤를 이어 주니퍼의 <하늘 끝에서 흘린 눈물>, 더 크로스의 <Don't Cry>, 유정석의 <질풍가도> 등 남자 가수 노래를 키를 올려 불렀다.

나는 도전이 왜 좋을까? 도전을 하면 짜릿함과 설렘을 느낄 수 있어서 좋다. 도전의 결과가 좋으면 더할 나위 없이 좋다. 하지만 모든 도전의 결과가 좋을 수는 없다. 그래서 뭐 어때? 실패하면 어때? 우리에게는 과정이라는 즐거운 추억이 생기잖아? 그래서 나는 도전을 멈출 생각이 없다.

도전이 나에게 주는 에너지. 그 에너지를 통해 나는 나 자신을 계속 업그레이드시키고, 내가 원하는 방향으로 내 삶을 이끌어 나갔다. 물론 실패하면 좌절도 하지만, 그 좌절은 또 다른 도전으로 이겨내면 된다. 노력만으로는 주어진 환경이나 운명을 바꿀 수 없다고? 천만에. 노력에 노력을 더하면 삶이 발전되어가는 방향성이 확실히 생긴다. 나는 도전의 힘을 믿는다!!

# My
# favorite
# things

뮤지컬 영화 <사운드 오브 뮤직>. 나는 이 영화를 여러 번 보면서 '나중에 나도 꼭 한번 해봐야지' 생각했던 장면이 있다. 폭풍우 치는 밤, 가정교사로 들어간 주인공 마리아가 벼락과 천둥소리에 겁을 먹고 찾아온 아이들에게 노래를 불러주는 장면. 그 장면에 흐르는 노래가 바로 <내가 좋아하는 것들My favorite things>이다.

주인공 마리아의 '페이버릿 싱!'은 무엇일까? "장미꽃 위의 빗방울, 새끼 고양이의 털, 밝은색 구리 주전자, 따뜻한 벙어리장갑, 끈으로 묶은 갈색 소포 꾸러미, 봄으로 녹아 들어가는 은빛의 하얀 겨울…." 마리아는 폭풍우에 겁을 내는 아이들에게 이렇게 좋아하는 것들을 하나씩 말하면 기분이 좋아진다고 달래준다.

내가 좋아하는 것들을 하나씩 말하고 나면 정말 기분이 좋아질까? 정말이다!! 지금부터 내가 좋아하는 것들을 하나씩 말해볼게.

## —— 비 내리는 여름

후드득후드득. 빗방울이 창문을 두드린다. 그러더니 결국 시원하게 여름비가 쏟아진다. 창문을 열면 방 안으로 훅~ 여름 공기가 들어온다. 그 여름 공기, 여름 냄새, 여름 소리…. 아, 정말 정말 좋다!

한여름 날 내리는 비. 자, 이제 어울리는 음악을 들어야지. 휴대폰에 저장해놓은 플레이 리스트를 오가며 신중하게 선곡을 한다.

록, 옛날 노래, 재즈…. 어떤 걸 들을까? 그래, 오늘은 너로 정했어! 손가락 끝으로 선곡 리스트를 가볍게 터치한다. 오늘의 선곡은 재즈! 잠시 음악에 취해보는 거야.

이렇게 여름날 비를 즐기며 음악을 들으면, 평범하던 바깥 풍경이 한 폭의 그림으로 바뀐다. 이번엔 풍경에서 사람들에게로 시선이 간다. 우산 없는 남학생은 빗속을 서둘러 뛰어가고, 버스 정류장의 여학생들은 재잘재잘 수다를 떨고, 편의점 알바생은 테라스의 빗물을 정리하느라 바쁘다.

아… 갑자기 비 오는 여름 거리를 걷고 싶어진다. 여름날 빗소리에 나의 심장이 뛴다.


## —— 군것질

나는 군것질에 진심이다. 나의 '최애' 간식은 바로 '새콤달콤'. 그 밖에도 사탕, 과자, 초콜릿…. 가리는 것 없이 모든 군것질거리를 다 좋아한다. 그래도 가장 진심인 건 '새콤달콤'이다!! 아, 생각만 해도 입안에 침이 고이는 것 같아. '새콤달콤'을 먹으면 힘이 난다.

어릴 적 100원이 생기면, 제일 먼저 학교 근처 문방구로 달려가 '새콤

달콤'을 샀다. 요즘은 편의점에 가면 정말 별의별 군것질거리가 진열장 칸칸이 가득 채워져 있다. 그래도 역시 나의 '최애'는 '새콤달콤'. 그것부터 가장 먼저 집어 든다. 이 달고도 신맛이 뭐라고 서른이 넘은 어른이 되어서도 끊지 못하는 걸까? 하지만 이건 정말 내게는 행복을 충전하는 맛이다!

## ─ 꾸미

꾸미꾸미. 나이는 여섯 살, 생일은 나와 같다. 작은 몸집에 조용하고 예쁜 짓만 골라 한다. 꾸미는 나의 반려견, 견종은 푸들이다. 6년 전 분양받아 데려온 나의 첫 번째 아기다.

처음 우리 집에 온 날부터 꾸미는 귀여움 담당이다. 특히 미용한 날엔 귀여움이 마구마구 폭발한다. 꾸미의 특기는 멍 때리기. 나도 정말 자주 멍 때리기를 한다. 그런 나를 닮은 그 모습이 귀엽다. 꾸미는 하루에 두 시간은 산책을 시켜줘야 한다. 산책을 못 하면 싫은 티를 낸다.

'분명 내 말을 알아들은 것 같은데. 내 착각이 아닌 것 같은데…'

이런 표정으로 나를 바라본다. 결국 나는 내 시간을 꾸미와 나누게 된다. 꾸미와의 동행은 나의 또 다른 행복이다. 반려동물과 함께해본 사람이라면 내 말을 이해할 것이다. 반려견이나 반려묘가 얼마나 큰 힘과 행복을 주는지.

스트레스가 많은 날, 우울한 날, 힘든 날, 아무것도 하지 않고 꾸미 옆에 누워서 가만히 꾸미를 쓰다듬는다. 그러면 꾸미는 마치 내 맘을 알고 있다는 듯이, 다가와 코를 비비고, 입술을 핥고, 그 순한 눈으로 내 눈을 가만히 들여다본다. 그러면 나는 눈물이 나려 한다. 그 눈물은 행복의 눈물. 꾸미만이 내게 줄 수 있는 그런 행복이다.

## ── 립스틱

입술만 화사해도 "생기 있어 보이네?"라는 말을 듣는다. 그런 칭찬을 들으면 기분도 좋아진다. 외출 전 바른 립스틱이, 그날의 내 컨디션을 좌우한다.

여자는 가끔 변신이 필요하다니까~ 이런 핑계 아닌 핑계를 대며 화장대 서랍을 열면, 형형색색 립스틱이 가득하다. 그 색이 그 색 아니냐고? 그런 말은 립스틱에 대한 예의가 아니~지이!!

아주 개인적인 생각인데⋯ 난 내 입술 모양이 좋다. 내 입술은 약간 도톰한 느낌? 이 도톰한 입술에 립스틱을 살짝 발라주면 색이 확~ 산다. 립스틱 매장에 가면, 점원 언니들이 내 입술을 보고 '립스틱 바를 맛이 나는 입술'이란다. 이런 이런. 오늘도 새 립스틱 하나를 사 들고 집으로 가겠구나.

## ── 귤

'과일!' 하면 새콤하면서도 달콤한 귤이지~

참 이상하다. 귤은 꼭 박스째 사게 된다. 귤을 한 봉지, 혹은 열몇 개씩 사는 사람이 있나? 귤은 박스로 사줘야~ 해.

추운 겨울날, 담요 한 장 덮고 귤 박스에서 야금야금 하나씩 꺼내 까먹는 맛. 먹다 보면 어느새 박스 밑바닥이 보이기 시작한다. 동생과 나는 노랗게 변한 손바닥을 보며 까르르 웃는다. '역시 귤이 최고야!'라는 무언의 끄덕임을 주고받으며.

나는 과일 중에 귤을 제일 좋아한다. 노란 껍질을 까서 알맹이를 입에 넣는 순간, 입안에 퍼지는 새콤달콤함이 나에게 행복을 준다. 일하다

틈틈이 가방에서 꺼내 먹는 귤 한 개. 내가 가장 좋아하는 피로회복제다.

## ── 디지털 기기

나의 최대 '플렉스flex'는 디지털 기기다.

단언컨대! 나는 돈을 허투루 쓰는 사람이 아니다. 하지만 쉽게 열리지 않는 내 지갑이 휴대폰과 태블릿 앞에서는 스르르 열린다. 특히 휴대폰은 정말이지 시대와 유행에 뒤지고 싶지 않다. 새로운 기종이 출시된다는 소식이 들리면 이미 내 마음의 준비는 끝나 있다. 계산해보니, 나는 1년에 한 번은 꼭 휴대폰을 바꾸는구나. 우와~

왜 그렇게 휴대폰을 자주 바꾸냐고? 휴대폰을 바꾸고 나면 내가 '리프레시'되는 기분이거든! 일상의 새로 고침 버튼이 필요할 때, 나는 디지털 기기를 바꾼다.

## ── 책 읽기

"다양한 취미가 삶을 풍요롭게 한다. 그러니 이것저것 많이 해봐라"라는 조언을 들었다. 그래서 여러 취미에 도전해봤다. 해외여행도 가봤다. 이리저리 여러 가지 몰입 대상을 찾아봤지만, 결코 오래 가지 못했다. 노래 말고는 별다른 관심도, 재주도, 취미도 없던 내가 몰입할 수 있었던 유일한 취미가 바로 책 읽기다. 나는 내 주변에 지금 읽고 있는 책, 읽다가 만 책, 새로 구입한 책을 아무렇게나 늘어놓는다. 그렇게 책을 늘어놓고, 맘 가는 대로 주변의 아무 책이나 집어 들고 읽는다. 우울하고 힘들면 특히 책 읽기에 딱 좋은 날이다.

책은 흔들리는 나를 잡아주고 채워준다. 책을 읽고 있으면 힘든 생

각, 우울한 생각들이 다 지나간다.

내가 좋아하는 것들을 신나게 이야기하고 나니, 진짜 마음이 즐거워
지네? <사운드 오브 뮤직>의 마리아 말이 맞았다. 좋아하는 것이 많은
사람은 행복해질 수밖에 없겠구나!!

# Part 3

## 혼자일 때 비로소 보이는 것들

I

생각해보니 우린 살면서 참 많은 후원자들을 알게
모르게 만나게 되는 것 같다. 인연이란 참 신기하지.
내 주변에는 언제나 나를 아끼는 사람이 한두 명쯤은
꼭 있어. 그들의 마음을 소중히 생각하고, 그들의
얘기에 귀 기울이고 감사히 여겨야겠다. 키다리
아저씨는 늘 가까이에 있다.

2

'그립다.' 나는 이 말이 참 좋다. 한편으로 그립다는
것은 무언가를 가슴속에 묻고 사는 것 같아 슬퍼
보이기도 하지만, 나는 그 말, 그 슬픔, 그 아련함
속에 녹아 있는 느낌들이 좋다. '그립다'라는 말엔
누군가와 함께한 시간이 있고, 함께한 이야기가 있고,
함께한 기억이 있다는 뜻이다.

3

인터뷰를 모두 마치고 나오는 길, 현장에 있던
스태프가 나를 알아본다. 노래를 정말 잘 부르더라며
오늘 인터뷰 중 가장 인상이 깊었단다. 그리고
나에게 오른쪽 엄지손가락을 세워준다.

'그래, 이 사인 하나면 됐어. 잘했어. 버블디아!!'

4

나는 진짜 울보다. 혼자서 우는 울보다. 기뻐서
울고, 슬퍼서 울고, 억울해서 울고, 두려워서 울고,
아파서 울고, 심지어 화가 나도 눈물이 난다. 그랬던
울보가 눈물을 꾹꾹 눌러 참기 시작했다. 눈물이
차오를 때면 눈을 감아버리거나 고개를 들어 눈물을
참아낸다. 습관이 된 것 같다.

5

우리 팬들이야말로 나를 움직이게 하는 힘이다.
나에게 절대 지금의 자리에 머물러 있지 말라고
응원해주신다. 내가 없는 시간을 쪼개서 성악, 피아노
레슨을 받고 새로운 목표를 정해 도전하는 건, 정말
팬분들이 아니면 할 수 없는 일이다. 나는 정말
팬들이 없으면 큰일 난다. 팬들은 내게 그런 존재다.

6

상자를 들어 올리는 순간 뚜껑이 열린다. 우르르~ 상자 안에 있던 편지 봉투가 쏟아진다. 봉투마다 'To 버블디아 님'이라고 적혀 있다. 내 애장품 1호. 그동안 내가 받아온 팬레터들이다.

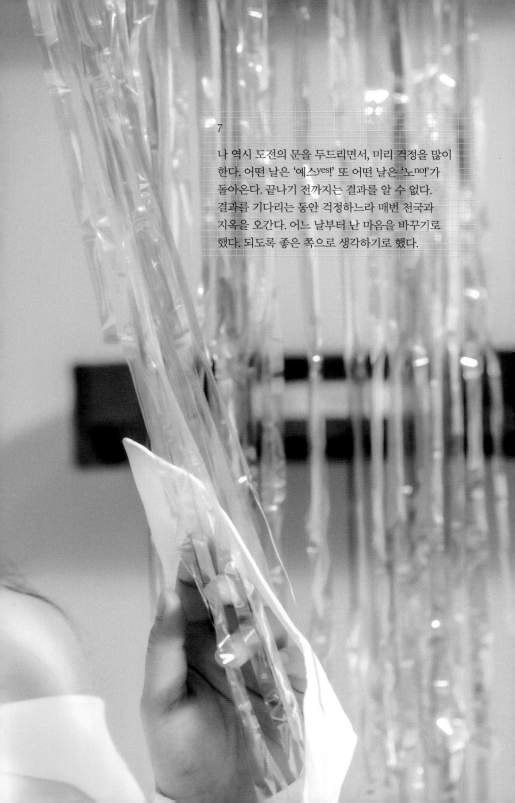

7

나 역시 도전의 문을 두드리면서, 미리 걱정을 많이
한다. 어떤 날은 '예스yes!' 또 어떤 날은 '노no!'가
돌아온다. 끝나기 전까지는 결과를 알 수 없다.
결과를 기다리는 동안 걱정하느라 매번 천국과
지옥을 오간다. 어느 날부터 난 마음을 바꾸기로
했다. 되도록 좋은 쪽으로 생각하기로 했다.

8

참, 감사하다.
'버블디아'라는 이름을 포기하지 않고 굳게 지킬 수
있게 해주는 팬들이 생겨 감사하다. 그런 팬들과
소통할 수 있고, 평생을 그럴 수 있을 것 같아
감사하다.

# 나의
# 키다리
# 아저씨

책을 읽다 보면, 그때그때마다 생기는 새로운 로망이 있다. 소설 《키다리 아저씨》를 읽었을 때도 그랬다. 내 일을 물심양면 도와주는 익명의 후원자라니.

'아, 나에게도 그런 키다리 아저씨가 있으면 좋겠다…'

그런데 내게도 진짜 키다리 아저씨가 생겼다. 소설 속 '키다리 아저씨'가 신비주의를 고집하며 기다란 그림자로 자신의 존재를 내보였다면, 나의 '키다리 아저씨'는 진짜 키가 큰 고등학교 선생님이다. 우리는 선생님을 "미스터 도일"이라고 불렀다.

내가 키다리 아저씨를 처음 만난 것은 미국 캘리포니아 주 샌디에이고에 위치한 봄의 캠퍼스. 예술 분야를 전문적으로 교육하는 고등학교였어. 뮤지컬을 체계적으로 배우고 싶다는 마음이 간절했던 나는 이 학교가 실무적인 현장 교육과 개인 레슨 형태의 교육기관이라는 입소문을 들

자마자 이 학교의 학생이 되고 싶었어. 그런데 문제는 예상치 못한 곳에서 일어났어. 이미 그해 신입생 모집이 완료되었다는 것. 그러나 내 욕심은 잠들지 않았고, 더욱이 포기는 쉽지 않았어. 그때부터 내 가슴 안에서 팽팽히 긴장감 같은 게 일어났고, 포기하지 않는 무모한 도전이 시작되었지.

우리 집에서 학교까지는 차로 한 시간 거리, 먼저 아빠를 설득했어. 그러고는 아버지와 함께 무작정 학교로 찾아가 오디션 기회를 한 번만 달라고 사정 사정한 거야. 하루, 이틀, 사흘…. 그러나 우리에게 돌아오는 것은 no! no! no! 그렇게 일주일이 되던 날, 정성을 다하면 하늘도 움직인다고 했나? 입학 오디션이 까다롭기로 소문난 그 예술고등학교에서 기적 같은 소식이 온 거야.

"학생의 오디션 참가를 허락합니다."

뮤지컬은 종합예술이야. 노래와 춤, 그리고 연기 등 다양한 재능이 필요하지. 나는 학교에 맞게 실기를 무진장 많이 준비했어.

오디션 현장은 2층으로, 키가 큰 나무가 창문 높이까지 자라 있어 창가에 서니 초록의 풀 냄새가 코를 자극해 왔어. 나의 키다리 아저씨가 되어준 선생님의 첫인상은, 한마디로 무서웠어. 190cm 정도 되는 큰 키에 마른 체구, 희끗희끗한 짧은 머리로, 열정을 가지고 도전하는 얼굴을 찾아내려는 듯, 나를 바라보며 말하는 거야.

"오디션 방식은 무척이나 간단하지만 많은 것들을 보게 됩니다. 보통 노래를 준비하게 하나 즉흥적으로 다른 것을 시켜보기도 합니다."

나는 눈을 감은 채 크게 숨을 한 번 내쉰 후 노래를 시작했어. 오디션장에서 내가 부른 노래는 애니메이션 영화 <뮬란Mulan>의 삽입곡 <리플렉션Reflection>.

Look at me~

I will never pass for a perfect bride or a perfect daughter~

나를 좀 봐~

나는 절대 완벽한 신부나 완벽한 딸이 될 수 없어~


이야기하듯 시작되는 이 노래는 영화 <뮬란>의 초반부에 나온다. 주인공이 자신의 내면을 들여다보며 부르는 곡으로, 내가 좋아하고 평소 자주 부르던 노래였어.


Somehow I can not hide.

Who I am though I've tried  When will my reflection show?

Who I am inside~

아무리 숨기려고 해도 할 수 없어.

내가 누구인지 노력해봤지만 내 모습은 언제 볼 수 있을까?

내가 누구인지~


노래의 클라이맥스가 지나가고 나서 내 머릿속엔 '아, 이게 아닌데…'라는 생각이 들었다. 사람은 왜 잘하려고 하면 더 잘 안 되는 걸까? 그렇게 오디션은 끝이 났다. 아… 선생님의 반응이 궁금해 미칠 것 같았다. 표정을 읽고 노래하고 싶어 선생님을 쳐다보는데, 포커페이스가 완벽하다. 그리고 냉정하게 건네는 단 한마디!

"집에 가서 기다리면 연락이 갈 겁니다."

좋은 징조는 아니었어. 오디션장을 나오는 난 자꾸 슬펐어. 억울해서 잠도 안 왔어.

'얼마나 연습을 했던가?'

그러면서도 또 나를 스스로 위로해야 했어.

'나, 열여섯 살 리디아는 절대 좌절하지 않아. 내년에 다시 도전하면 되지.'

그리고 일주일 후, 정말 생각지도 못한 반가운 합격 통보를 받은 거야.

'오 마이 갓!'

뜻밖의 합격 통보였어. 내게 이런 일이 생기다니…. 원하는 예술고등 학교에 입학하게 된 나는 눈부신 아이가 되어갔어. 나는 자꾸 웃음이 나왔다. 그리고 입학 후, 그 키다리 아저씨가 미스터 도일 선생님이라는 것을 알았지.

"선생님! 저를 합격시킨 특별한 이유가 있나요?"

"너의 꿈과 희망을 봤어. 우린 여백이 있는 사람, 그리고 그 사람의 가능성을 본단다. 물론 현재 지니고 있는 실력도 중요하지만, 오디션에서는 이미 모든 게 갖춰진 사람보다는 여백이 있는 사람을 택하지. 네 반짝이는 눈에서 끼가 느껴졌고, 연기를 해도 괜찮겠다는 생각이 들었거든."

이렇게 나는 기회를 잡았고, 그곳에서 뮤지컬을 체계적으로 배우기 시작한 거야.

키다리 아저씨는 내게 유일한 지지자였고, 나를 늘 위로해주었어.

"넌 분명히 해낼 거야. 나이가 들면, 네 노래로 더 많은 사람들에게 기쁨을 줄 수 있을 거야. 물론 그전에 좀 힘들 수도 있지. 아시안이니까. 그래도 버텨야 한다. 하면 된다는 것을 스스로 증명해보이렴. 너의 앞길, 내가 응원해줄게."

열여섯 살 리디아의 잠재력을 알아봐준 키다리 아저씨 미스터 도일이 없었다면, 나는 뮤지컬에 대한 꿈을 꿀 수 없었을지도 몰라.

나를 믿어주는 사람이 있다는 건 너무나 신나고 즐거운 일이었어. 가

끔은 가슴 뛰고 설레는 일이었지. 나의 꿈을 알게 해주었고, 그 꿈을 향해 힘차게 나아갈 수 있게 도와준 미스터 도일에게 난 진심으로 감사하는 마음이야.

생각해보니 우린 살면서 참 많은 후원자들을 알게 모르게 만나게 되는 것 같다. 인연이란 참 신기하지. 내 주변에는 언제나 나를 아끼는 사람이 한두 명쯤은 꼭 있어. 그들의 마음을 소중히 생각하고, 그들의 얘기에 귀 기울이고 감사히 여겨야겠다. 키다리 아저씨는 늘 가까이에 있다.

**에이미**
**언니를**
**찾습니다**

그립다
말을 할까
하니 그리워

그냥 갈까
그래도
다시 더 한 번

김소월 님의 시 <가는 길>의 한 구절이다.

'그립다.' 나는 이 말이 참 좋다. 한편으로 그립다는 것은 무언가를 가
슴속에 묻고 사는 것 같아 슬퍼 보이기도 하지만, 나는 그 말, 그 슬픔,
그 아련함 속에 녹아 있는 느낌들이 좋다. '그립다'라는 말엔 누군가와

함께한 시간이 있고, 함께한 이야기가 있고, 함께한 기억이 있다는 뜻이다. 이 모든 것이 어우러져 추억이 된다. 살다 보면 누구나 한 명쯤 마음속에 그리운 사람을 품고 살지 않을까? 내게도 그런 사람이 있다.

대학에 입학하고 나서도 내 형편은 달라지는 게 없었어. 수업료는 장학금으로, 용돈은 아르바이트로 충당했는데, 정확히 말하면 정말 하루하루 버티는 삶이었지. 실제로 보스턴 음대에서 전공 공부를 하면서 아르바이트를 병행해 나간다는 것 자체가 어떤 면에선 불가능하다. 성적이 안 되면 장학금은 물 건너가기 때문에 무엇보다 성적을 우선으로 삼아야 했다. 그런데 전공 과목의 이론과 실기를 병행하다 보면 아르바이트할 수 있는 물리적 시간이라는 게 나지 않는다. 이쯤 되면 '대학 캠퍼스 로망은 무슨…'이라는 생각이 든다. 그렇게 힘든 시간을 보내고 있을 때, 에이미 언니를 만나게 된 거야.

에이미 언니는 그 시절 선물처럼 내 앞에 나타난 사람이야. 우리는 피아노 선생과 레슨생으로 만났지. 에이미 언니는 제약 계열 회사에 다니고 있었는데, 직장에서 받는 스트레스가 심했다. 그래서 스트레스 해소 차원에서 취미로 피아노를 배우려고 했는데, 내가 언니의 피아노 선생이 된 것!

"디아 선생님, 앞으로 잘 부탁드려요."

"네, 저도 잘 부탁드려요. 피아노 멋지게 연주할 수 있게 해드릴게요."

우리는 이상하리만큼 처음부터 잘 맞았다. 에이미 언니가 나보다 여섯 살 많았는데, 나이 차를 느낄 수 없을 만큼 말도 잘 통하고 생각도 얼마나 잘 통하는지. 난 정말 열심히 가르치고 언니는 열심히 배웠다. 그러던 어느 날, 에이미 언니가 불쑥 제안했다.

"디아야, 레슨은 무슨. 가자, 날도 좋은데 나가서 맛있는 밥이나 먹자."

"그럼… 그럴까요?"

한국인에게는 유독 특별하게 느껴지는 '한 끼 밥의 힘'이란 게 있지 않나. 누군가와 밥 한 끼를 같이 먹는다는 것은 관계가 더 가까워졌다는 사실을 인정하는 것이기도 하다. 언니는 내 지갑 사정이 좋지 않다는 것을 알고 나서 더 자주 나를 불러냈다. 밥 한번 먹자고…. 그리고 내가 내 돈으로는 사 먹을 수 없는 비싼 밥을 먹여주며 내 속을 정으로 채워줬다.

언니는 나이에 비해 무척 어려 보였는데, 정작 본인은 동안이 콤플렉스였다. 그래서 늘 어떻게 하면 나이가 들어 보일까 궁리했다.

"일단 머리는 단발로 할 거야. 그리고 뽀글이 펌을 하는 거지. 어때? 그러면 나이 들어 보일 거 같지? 진짜 내 나이로 보겠지?"

"다들 어려 보이려고 하는데 언니는 왜요?"

"난 어려 보이는 게 싫어. 옷은 니트를 사야겠어. 보니까 무채색 계열을 입으면 얼굴이 나이 들어 보이더라고. 그럴 거 같지?"

나를 친동생처럼 허물없이 대하며 이런 속이야기를 거리낌 없이 하는 에이미 언니 덕분에 나는 마음의 치유를 얻는 느낌이었어.

고백하자면, 나는 친구가 많은 사람이 아니다. 한국에서 가깝게 지냈던 친구들은 미국에 온 후로 자연스럽게 멀어졌고, 미국에 도착해서는 아시아인이라는 편견에 괴롭힘을 당했고…. 그 후로 나에겐 '난 잘해야 해. 잘돼야 해. 꼭 성공해야 해'라는 강박 아닌 강박이 생겼다. 그러는 사이 내 마음속엔 사람들과의 관계에서 적당한 거리를 유지하고, 그 거리를 넘어오는 사람을 방어하려는 바리케이드가 생겨버렸다. 그 바리케이드를 치우고 내 맘에 들어온 첫 번째 사람이 바로 에이미 언니다. 언니 앞이라면 무엇이든지 괜찮았다. 가족 아닌 다른 사람 앞에서 울어본 것도 언니가 처음이었다.

대학 졸업 후 뉴욕 브로드웨이에서 있었던 일이다. 지금은 기억이 바

래서 뮤지컬 제목이 떠오르지 않지만, 당시 소극장에 올라가는 뮤지컬이었다. 앙상블, 그러니까 코러스 오디션이 있다는 거다. 언니가 마침 나를 만나러 뉴욕에 와 있었다. 함께 오디션에 갔는데 결과는 탈락!! 언니를 붙잡고 어찌나 울었는지….

"실컷 울어. 울고 나면 속이 시원해지잖아. 다 울었니?"

"네, 언니…. 내가 안 되는 걸 붙잡고 있는 게 아닌가 싶어요."

"제발 쫄지 마. 이런 오디션은 또 있잖아. 그리고 후회하지 마. 지나가 버린 과거와 싸우지도 말고. 현재와 미래를 위해 살아. 알았지? 참, 뭐 먹을래? 먹고 싶은 거 다 사줄게."

"언니! 정말 고마워요."

"고맙긴…. 잊지 마라. 나중에 다 갚아!"

언니는 뉴욕에서 나에게 근사한 저녁을 사줬다.

보스턴에서 우연히 만나 7년을 친자매처럼 지내다가, 내가 갑자기 한국으로 돌아오고 난 후 연락이 끊겼다. 나는 지금도 계속 에이미 언니를 찾고 있다. SNS로 열심히 찾고 있지만, 언니의 풀네임을 몰라 아직까지도 못 찾고 있다. 그리운 에이미 언니를 꼭 만나고 싶다.

언니, 나예요. 보스턴 음대에서 뮤지컬 공부하던 리디아예요. 언니가 이 글을 읽게 된다면, 꼭 나한테 연락해주세요. 그리고 꼭 갚고 싶어요. 언니가 나에게 보여주었던 사랑을…. 멀리 있든 어디에 있든 지금 당장 달려가서 언니가 원하는 것을 다 해주고 싶어요.

언니! 진짜 보고 싶어요!

# 한국인
# 대표로
# 디즈니에
# 초대되다

푸르른 낮의 하늘도 물론 예쁘지만, 해 질 녁 자연이 빚어내는 노란 색깔의 노을은 또 다른 매력을 가졌다. 가슴 설레게 하는 저녁노을이 하늘 가득 피어나고 있던 날, 집에 들어간 나는 너무나 놀랐다.

"슬기야! 이런 초대장이 왔더라."

'까아악~!'

내 인생에 '서프라이즈'라고 할 만한 사건이었다. 월트디즈니에서 <겨울왕국 2Frozen 2> 미국 현지 시사회에 나를 초대한 것이다. 나는 정말 믿기지 않았다. 그동안 월트디즈니 작품의 OST를 수없이 커버하면서도 이런 기회가 내게 올 거라고는 생각도 못 했다. 그다음은 내 몫이다. 그 초대에 응할지, 응하지 않을지 선택을 앞두고 다시 한번 찬찬히 생각해보았다. 그리고 월트디즈니에서 보내온 일정표를 살펴봤다. 시사회, 레드카펫 행사, 감독·음악감독과의 인터뷰.

'와우~! 내가 <겨울왕국 2> 시사회장엘 간다고? 내가 레드카펫에 선다고? 내가 그 유명한 감독님들과 인터뷰를 한다고? 내가?'

얼마나 좋은지, 그 마음을 숨겨보려고 하는데 자꾸 우쭐해졌다. 한국인 대표로 초청받았고, 인터뷰하는 것도 처음인데, 이 정도면 좀 우쭐해도 괜찮지 않을까?

미국을 떠나온 지 벌써 5년이 흘렀다. 비록 브로드웨이는 아니지만, 뮤직 크리에이터 버블디아의 이름으로 받은 이 초대가 내게는 그동안의 노력에 대한 보상처럼 느껴졌다.

'지금까지는 내가 잘 살고 있구나.'

나는 오랜만에 미국 땅을 밟았다. 그것도 현지 시사회에 초대를 받아서. 월트디즈니라는 세계 최고의 애니메이션 회사가 모든 것을 걸고 만든 최신작 <겨울왕국 2> 시사회에. 비록 주연 배우나 스태프는 아니지만, 그래도 뮤직 크리에이터라는 전문가이자 한국에서 온 셀럽으로서 레드카펫에 서게 된 것이다.

모든 것엔 첫 번째가 있다. 내 생애 첫 번째 레드카펫이 1미터 앞에 있다. '휴우~' 숨을 깊게 내쉬어본다. 심호흡 한 번에 걱정과 두려움이 조금 가벼워지는 것도 같다. 레드카펫의 순서는 생각보다 간단하다. 사회자가 셀럽을 소개하면, 레드카펫에 올라가 카메라를 향해 잠시 포즈를 취하면 된다. 그러면 취재진이 카메라를 보게 하려고 앞다퉈 셀럽의 이름을 부르는데, 그러면 한 번 더 포즈를 취하면 된다.

'그래, 즐기는 거야. 즐기면 돼.'

드디어 내 차례다. 사회자가 나를 소개한다.

"한국에서 온 뮤직 크리에이터. 버블디아~(물론 영어다)"

내 옆으로 '버블디아'라고 쓰인 이름 피켓이 따라 올라온다. 포즈를

취하는데 취재진 사이에서 내 이름이 불리지 않는다. 썰렁한 현장 분위기. 진짜 어색해진다. 아… 민망해. 기자들은 체구도 작고 처음 보는 나한테는 별 관심이 없다. 하지만 나는 속으로 이렇게 나를 위로해본다.

'처음이잖아. 괜찮아.'

나와 <겨울왕국 2> 감독의 인터뷰는 레드카펫 행사 다음 날 이뤄졌다. 인터뷰 시간은 8분. 다른 사람보다 3분이나 더 많은 시간이다. 한국에서 대표로 초청되었기 때문에 디즈니에서 준 특혜다. 자, 이 인터뷰가 '찐'이다. 레드카펫에서는 주목받지 못했지만, 그건 내가 미국에선 알려지지 않은 유튜버이기에 내 힘으로는 어쩔 수 없는 일이다. 하지만 인터뷰는 다르다. 내가 얼마나 잘 준비하느냐에 따라 인터뷰 수준이 높아진다.

나는 인터뷰할 질문과 <겨울왕국 2> OST 중 한 곡인 <인 투 디 언노운Into the unknown>을 준비했다. 그동안 이 인터뷰를 준비하느라 많은 공을 들였다. 방대한 자료들을 조사하고 신중하게 질문을 추려냈다. 이런 기회가 또 있을까? 정말 최선을 다하고 싶었다.

실제로 인터뷰 당일 현장은 매우 유쾌했다. <겨울왕국 2>의 감독인 크리스 벅, 제니퍼 리와 음악감독인 로페즈 부부, 그리고 제작자인 피터 델 페초Peter Del Vecho를 만났는데, 하나같이 친절하고 좋은 사람들이었다.

인터뷰를 끝내고 촬영본을 받기 위해서 무대 뒤로 갔는데, 거기에 있던 많은 사람들이 하나같이 박수를 쳐주며 한마디씩 했다.

"야, 너처럼 당돌한 애는 처음 봤어…. 노래를 하다니!!! 너무 잘했어."

"목소리가 너무 아름답던데?"

"감독님들이 인터뷰하느라 피곤했을 텐데, 아마도 네가 지루함을 떨쳐줬을 거야. 우리도 깜짝 놀랐는걸…."

그러나 사람들의 이런 환호는 내 귓등에도 들리지 않았다. 나는 잔뜩 흥분한 상태였다.

'아니, 감독님이 직접 피아노를 쳐주시다니…'

음악감독이 직접 연주하는 피아노 반주에 노래를 부르다 보니 욕심이 생겼다.

'내가 월트디즈니 작품의 OST를 부르는 날이 오면 얼마나 좋을까~'

그런 생각이 떠오르자 울컥했다. 이렇게 유명한 감독들을 인터뷰했고, 또 노래를 부르라는 요청까지 받았다.

'나, 그동안 잘 살았나 보다. 이런 행운이 내게 오다니….'

인터뷰를 모두 마치고 나오는 길, 현장에 있던 스태프가 나를 알아본다. 노래를 정말 잘 부르더라며 오늘 인터뷰 중 가장 인상이 깊었단다. 그리고 나에게 오른쪽 엄지손가락을 세워준다.

'그래, 이 사인 하나면 됐어. 잘했어. 버블디아!!'

## 세 번의
## 눈물

 

요즘 드라마 보는 남자들이 늘었다고 한다. 좀 더 덧붙이면 드라마 보면서 우는 남성들이 많다고 한다. 사실 드라마 하면 사극이나 정치 드라마를 빼놓고는 대부분 여성의 전유물이었는데…. 요즘은 멜로드라마는 물론 소위 막장 드라마까지… 남성 팬들이 늘고 있고, TV 앞에 앉아서 휴지로 눈물 콧물 닦는 남자들이 많아졌다는 것이다.

그런데 남자들뿐만이 아니다. 요즘 내가 그렇다. 나이가 들면 눈물도 마른다는데, 다 거짓말이다. 살면서 이런저런 일을 겪다 보면 감정이 무뎌져 눈물 날 일도 줄어들 줄 알았는데, 어찌 된 일인지 TV 드라마를 보면서 찔찔 짜고 있다.

나는 진짜 울보다. 혼자서 우는 울보다. 기뻐서 울고, 슬퍼서 울고, 억울해서 울고, 두려워서 울고, 아파서 울고, 심지어 화가 나도 눈물이 난다. 그랬던 울보가 눈물을 꾹꾹 눌러 참기 시작했다. 눈물이 차오를 때면

눈을 감아버리거나 고개를 들어 눈물을 참아낸다. 습관이 된 것 같다. 누가 그러라고 한 적도 없는데, 남들 앞에선 웬만하면 눈물을 보이지 않게 됐다.

그런 내가 참지 못하고 눈물을 많이 흘렸던 날들이 있다. 엄마의 암이 재발되었다는 이야기를 전해 들은 날이었다. 처음 암 진단을 받고 완치 판정을 받기까지 나는 엄마와 함께 5년의 시간을 보냈다. 어려운 치료들을 견뎌낸 엄마의 시간이 다시 거꾸로 흘러갔다. 완치 판정을 받고 나서 얼마 전까지 우리 가족이 얼마나 행복해했던가. 분명 행복해서 눈물을 흘렸는데…. 근데 나는 지금 왜 울고 있는 거지? 속상해서? 화가 나서? 두려워서? 이유도 모른 채 한참을 그렇게 울었다. 엉엉 울었다.

'그래, 지금은 울고 싶은 만큼 맘껏 울자.'

울고 나니, 눈물로 잔뜩 흐려졌던 시야가 점점 선명해진다. 주체할 수 없었던 감정이 제자리를 찾아간다. 마치 눈물이 내게 말을 건네오는 것 같다.

'내가 잘 알고 있어. 지금 너의 아픔을, 너의 슬픔을….'

눈물로 위로받았던 순간이다.


그리고 또 언제 그렇게 펑펑 울었더라? 그래, 보스턴 음대 뮤지컬학부에 합격했을 때였다.

'맞아. 그날 합격 확인하고 엄청 울었어.'

내 인생에서 가장 행복하고 기분 좋은 순간이었다. 고등학교 때부터 나의 목표는 오로지 보스턴 음대 한 곳이었다. 다른 친구들이 열 군데 대학에 지원할 때, 나는 진짜 이 대학에만 원서를 넣었다. 당시 경쟁률이 5000 대 60이었던 것으로 기억한다. 합격 여부를 기다리는 내 모습은 호수 위의 백조 같았다. 백조가 호수 위에 우아한 자태로 떠 있는 동안,

물 아래에선 처절하게 두 발로 물질하는 딱 그런 모습이었다. 그러니 참 았던 눈물이 폭발할 수밖에.

내가 기억하는 또 한 번의 눈물은 내가 살아오면서 가장 많은 사람들 앞에서 운 날이다. 뮤직 크리에이터로 활동을 시작하고 라이브 방송에서 였다. 구독자 100만 명이 된 날, 라이브 방송을 하면서 카메라 앞에서 울고 말았다. 한국에서 노래로 콘텐츠를 인정받기는 정말 쉽지 않은 일이다. 왜냐하면 우리 문화 자체가 노래를 즐겨 부르는 민족이다 보니, 사람들마다 주관적인 판단 기준이 높다. 처음에 시작하고 "버블디아는 노래가 별로"라는 댓글도 엄청 달렸다. 그런 분위기 속에서 음악이라는 콘텐츠를 가지고 한국 팬들로만 100만이 넘었다. 국내에서는 거의 처음 있는 일이었다. 그래서 울었다.

나는 그동안 왜 그렇게 눈물을 꾹꾹 참았을까? 눈물은 희로애락의 감정에 모두 반응한다. 슬퍼서, 아파서 울 일이 없으면 좋겠지만, 인생이 어디 그런가? 어떻게 울지 않고 살 수 있겠어. 기뻐도, 행복해도 눈물이 나잖아. 그래, 그런 눈물이라면 실컷 울어도 괜찮다.

프랑스의 어느 유명한 작가가 말했다. "나이가 들면서 걱정되는 건… 신체적으로 약해지는 게 아니라 점점 더 감성이 무뎌지는 것이다"라고. 그리고 보면 나이 든 남자분들이 모진 풍파를 겪고도 드라마를 보며 울고 있다는 것은 얼마나 아름다운 일인가? 이제야 자신의 감정을 숨김없이 드러내고, 꾹 참아왔던 눈물도 부끄럼 없이 보일 수 있다니. 주책이다 생각 말고 먹고살기 위해서 애써 외면했던 감수성을 되찾고 있다고 생각하면 어떨까?

# 엉덩이가
# 무거운
# 나의
# 팬

 

길을 걷다 한 초등학교 앞을 지나간다. 내가 어렸을 때 다니던 초등학교가 떠오른다. 담장 너머로 빈 운동장이 보인다. 우와, 저 운동장이 저렇게 작았나? 운동장이 작다 못해 아담하다. 그 시절엔 참 넓어 보였던 게 실제로는 요만했구나.

'점심시간에는 친구들과 그네 타기를 좋아했었지. 미끄럼틀 먼저 타겠다고 옷도 많이 잡아당겼는데. 아, 저 철봉. 체육 시간에 뒤돌기 못 해서 완전 창피했어.'

'달리기하다가 넘어지기는 또 왜 그렇게 잘 넘어졌을까.'

온갖 추억과 웃음들이 넘실거리며 운동장 위로 내 추억이 마치 퍼즐 조각처럼 채워진다.

'그래, 운동회 때는 진짜 재밌었어. 반마다 승부욕이 진짜 대단했지. 백군, 청군 응원 소리가 운동장 바닥을 울릴 정도였으니까.'

운동회의 마지막 하이라이트는 이어달리기지. 그날의 승리는 이어달리기로 결정 났다. 이어달리기를 보고 있으면 정말 손에 땀이 다 났다. 한 번은 이어달리기를 하다가 내가 마지막 주자가 됐는데 나랑 같이 뛰는 아이들이 다 육상부 친구들이라 나는 아마 꼴찌할 거라고 생각하고 달리기에 임했다…. 탕!!! 총소리와 함께 친구들과 달리기 시작했는데, 역시나 다른 친구들은 날렵했다. 나는 이제 끝났나 보다, 하던 그때 내 귀로 우렁차게 들리던 아이들의 응원 소리….

"슬기야, 넌 할 수 있어."

"다 이겨낼 수 있다고!"

"안슬기! 안슬기! 우리 반장 짱이다!"

북을 치면서 애들이 고래고래 응원하는데, 순간 어디서 나온 힘인지 발에 모터가 달린 것처럼 가볍게 뛰기 시작했다. 그리고 육상부 애들을 한 명 한 명 제치고 제치는데, 그때 저 멀리 마이크를 통해 들리는 소리.

"3학년 4반 안슬기 학생이 세 명의 학생을 제치고 선두로 달리고 있습니다. 이런 반전이 어디 있습니까?"

그러나 이 게임의 결론은… 결국 4등이었다. 결과적으로 10등에서 6명을 제치고 4위까지 올라왔다. 이게 다 친구들 덕분이다.


생각해보면 응원, 칭찬, 격려, 그런 것들이 힘을 주고 나를 노래하게 하고 나를 춤추게 했다. 나는 안다. 나를 지지해주고 응원해주는 사람들이 있다는 게 얼마나 든든한 일인지.

'내게는 버블디아를 응원해주는 팬분들이 있다!'

팬들 생각만 하면 마음이 따뜻해지면서 저절로 '찐' 웃음이 난다. 그래, 이 기회에 우리 팬들 자랑 좀 해보자! 오늘은 내가 팬들을 위해 팔불출이 한번 되어보련다.

버블디아 팬들은, 일단 팬이 되면 쉽게 마음을 바꾸지도, 떠나지도 않는다. 그래서 우리 팬들의 별명은 '엉덩이가 무거운 팬'이다. 이 부분은 나도, 팬들도 모두 인정!!

팬들의 연령층도 다양하다. 분석하기를 좋아하는 내가 한번 맘먹고 분석해봤는데, 가장 두터운 연령층은 30~40대다. 그래서 나의 세대 감성과 노래 감성이 그분들에게 잘 통하는 건가 봐. 내게 팬이 생기고, 그들과 함께해온 시간이 올해로 벌써 8년째다.

처음 "버블디아 팬이에요"라는 말을 들었을 때는, 신기하기도 하고 믿기지도 않았다. 한 명의 팬에서 출발해 8년이 지난 지금 버블디아 채널의 구독자 수(국내)는 156만 명이다. 이 채널을 시작할 때 중학생이던 한 팬은, 이미 대학을 졸업하고 사회인이 되었다. 또 꿈 많던 20대 청춘이었던 이들은, 이제 가정을 이루고 아이를 낳아 기르며 살고 있다. 팍팍한 회사 일에 지쳤다가도 내 노래에 위안을 얻던 신입 사원 팬은, 회사에서 승진해 직책이 높아졌다. 막막한 미래를 고민하던 취준생 팬 한 분은, 그사이 창업해서 자신만의 사업체를 지닌 사장님이 됐다.

8년 세월 동안 많은 것이 변했는데, 단 한 가지 변치 않은 것이 있다. 바로 나 버블디아를 지지하고 응원해주는 팬심! 대체 내가 뭐라고 이런 사랑을 오랫동안 주시는지….

우리 팬들은 라이브 방송 때 내 얼굴과 목소리로 그날의 내 건강 상태, 기분 등을 바로 알아챈다. 어떤 날은 우리 가족보다도 더 정확하다. 가끔 놀라는 게, 8년이라는 세월 동안 있었던 수많은 에피소드를 팬분들은 거의 다 기억한다는 것이다. 나는 기억이 바래 흐릿해진 방송 중 에피소드들이 궁금해지면, 바로 우리 팬들 찬스를 쓴다. 백이면 백 정확함! 우리 팬들은 마치 주크박스처럼 내 이야기를 들려준다.

가만히 생각해보면 특별히 팬들이 생각날 때가 있다. 바로 내가 힘들

때, 또 용기가 생기지 않을 때, 순간적으로 차에 치일 것처럼 두려움에 사로잡힐 때 그때 팬들의 따뜻한 얼굴과 눈빛이 내 머릿속에 주마등처럼 지나간다.

'할 수 있어, 디아! 난 네 편이야!'

팬들이 이렇게 내 귓속에 속삭이는 것 같다.

팬들을 보면 뭔가 꽉 막혀 있던 나의 외로움이 표출되는지 왈칵하고 눈물이 쏟아진다. 팬들의 눈은 진짜 하나같이 진심이다. 나를 응원해주고 있다는 것이 가슴까지 느껴진다. 팬데믹으로 인해 자주 못 만나게 됐지만, 팬들을 만날 때면 나는 항상 에너지를 받는다.

그래서 나는 해야 할 일, 하고 싶은 일이 생기면 가장 먼저 팬들에게 알린다. 팬들에게 알리고 나면 왠지 법적 효력이 생기는 것 같다. 마치 법 앞에 선서하는 것처럼 강제력이 생기는 것 같다는 뜻이다. 팬들과의 약속, 그것만은 나 버블디아가 반드시 지켜야지! 안 하면 안 될 것 같고, 반드시 달성해야 한다는 맘이 생긴다.

우리 팬들이야말로 나를 움직이게 하는 힘이다. 나에게 절대 지금의 자리에 머물러 있지 말라고 응원해주신다. 내가 없는 시간을 쪼개서 성악, 피아노 레슨을 받고 새로운 목표를 정해 도전하는 건, 정말 팬분들이 아니면 할 수 없는 일이다. 나는 정말 팬들이 없으면 큰일 난다. 팬들은 내게 그런 존재다. 나는 아마도 전생에 한 나라가 아니라 온 우주를 구했나 보다. 이런 멋진 팬들과 함께 성장하고 있으니까.

지금도 방송에서 가끔 이야기한다.

"우리 같이 늙자~"

누가 결혼하면 축하해주고, 시간이 지나서도 같이 수다 떨 수 있는 그런 사이가 되자고 다짐한다. 이 사람들이 나에겐 가족이다. 내가 무엇을 하든 내 편이니까….

버블디아 팬 여러분~

여러분이 있어 버블디아가 있습니다!

## To
## 버블디아 님

유행은 돌고 돈다. 이번에는 1990년대 말, 2000년대 초 패션이 유행이다. 배꼽티와 아가일 패턴이 돌아왔다. '포켓몬스터 빵'이 다시 불티나게 팔리고, 아이들이 빵보다는 봉지 속에 들어 있는 스티커를 모으는 게 대유행이다. 이런 게 요즘의 레트로 감성이다.

1990년대 말, 2000년대 초. 나는 그때 뭘 하고 있었지? 열두 살 무렵이니까, 이제 갓 미국으로 건너가 사춘기를 맞이하고 있었겠구나.

내 기억 속 그 시절은 아직도 생생한 컬러 화면인데, 지금의 10대와 20대들에게는 이미 철 지난 흑백 필름이 되어버렸다. 내가 엄마 아빠의 어린 시절을 흑백 화면으로 생각하는 것처럼. 내 방에 앉아서 눈으로 '스~윽' 방 안을 한번 스캔한다.

'보자. 보자. 이 안에 레트로 감성이라고 할 게 있나~'

내 시선이 초콜릿색 뚜껑에 베이지색 리본이 달린 상자에 멈춘다. 안

에 뭐가 얼마나 들어 있는지 살짝만 손이 닿아도 금방 툭! 하고 뚜껑이 치솟을 기세다. 아니나 다를까, 상자를 들어 올리는 순간 뚜껑이 열린다. 우르르~ 상자 안에 있던 편지 봉투가 쏟아진다. 봉투마다 'To 버블디아 님'이라고 적혀 있다. 내 애장품 1호. 그동안 내가 받아온 팬레터들이다.

내가 아이에서 어른이 되는 동안, 세상은 너무 빠르게 변했다. 우리 부모님 세대나 할아버지 할머니 세대에 비교하면, 정말 놀라운 속도의 변화다. 무엇보다 휴대폰! 이제 휴대폰만 있으면 멀리 떨어져 있어도 연락되고, 보고 싶을 땐 영상통화를 하면 된다. 문자메시지, 카톡 몇 번이면 쉽게 소식을 주고받고 마음을 표현할 수 있다. 굳이 편지를 쓸 필요가 없어졌다. 오죽하면 길거리에 빨간색 우체통이 거의 다 사라져버린, 그런 시대가 됐다. 그런데 우리 팬들은 손 편지를 보내주신다. LTE를 넘어 이제는 5G 시대인데, 손 편지는 '찐' 레트로 감성이다.

나는 손 편지가 왜 그리 좋을까? 손 편지는 그걸 받는 사람을 내내 생각하면서 그 사람을 위한 말을 골라 편지지에 써 내려가야 한다. 그 시작은 대개 'To 누구에게'로 시작되지. 휴대폰이나 태블릿 같은 디지털 화면에서는 쓰다가 틀리거나, 내용을 바꾸고 싶으면 백스페이스 키만 누르면 된다. 고치기 쉬우니까 정성이 부족해진다. 하지만 손 편지는 썼다 지웠다가 쉽게 안 된다. 그래서 쓰면서 신중할 수밖에 없다. 한 자 한 자 적어가다가, 글자가 잘못 써지면 막 속상해하고 그랬는데…. 손 편지엔 그런 정성과 감성이 있다.

쏟아진 편지 봉투 하나를 집어 든다. 얼마나 자주 꺼내 봤는지 봉투가 너덜너덜하다. 봉투를 열어 그 안에 든 편지지를 꺼내 펼친다. 글씨가 동글동글한 게 참 예쁘다. 종이 위에 가득 적어 내려간 팬심을 읽는다. 팬심fan心. 이건 팬들의 마음을 읽는 거다. 내 걱정과 나를 응원하는 마음이 그 안에 다 들어 있다.

잠이 오지 않는 날이면, 나는 손 편지 상자를 꺼내 그 안의 팬레터를 읽어보곤 한다. 바닥에 꺼내 좌악~ 펼쳐놓으면, 이미 난 행복한 사람이다. 오늘도 이걸 읽다가 밤 새우겠지. 몇 개를 골라내 읽기 시작한다. 편지지를 쥔 내 손이 따뜻해져 온다. 손 편지에는 온기가 있다. 주는 사람도 받는 사람도 느껴지는, 알 수 없는 뭉클함이 있다.

오늘은 나도 팬들에게 손 편지를 한 번 써볼까? 자, 손 편지를 쓰려면 먼저 편지지가 있어야지. 아무 무늬 없는 흰색 종이가 좋을까, 아니면 핑크핑크한 꽃무늬 편지지? 펜도 있어야지. 볼펜이 좋을까, 아님 연필?

참, 어디에서 쓸까? 손 편지를 쓸 때는 편지를 쓰는 장소도 의미가 있다. 책상에 앉아 쓰면 너무 분위기 없잖아. 아! 수정테이프도 있으면 좋겠다. 누구에게 쓸까? 시작은 어떻게 하지? 뭐라고 써야지?

이제 손 편지 쓰기는 번거로운 일이 되어버린 시대다. 그래도 오늘 나는 그 번거로운 일을 한번 해보고 싶다. 팬들이 보내온 편지를 보면서.

---

to 디아 님

안녕하세요? 디아 님. 저 티콘이에요. 이거 편지 쓰려니까 무척 떨리네요. 300석 공연 축하합니다. 이걸 보게 되다니 너무나 좋네요. 드디어 디아 님이 콘서트하는 걸 모든 사람들이 알게 될 테니까요. 2019년, 시간 참 빨리 가네요. 분명 2014년에 방송을 봤는데, 그동안 팬들 옆에 있어줘서 고마워요. 그 시간만큼 디아 님도 팬들도 발전해온 거 같아요.

2019년은 다른 때와 달리 느껴져요. 우연하게 입사하게 됐거든요. 그래서 일주일에 몇 번 안 되는 방송도 못 보고 일찍 나가는 경우가 많았는데, 마침 큰 공연이 있다는 말을 듣고 얼마나 기쁘든지, 생일 다음 날 공연이라 선물 받은 느낌이었어요.

제가 편지를 쓰고 있는 시간에도 디아 님은 공연 준비, 커버 준비를

---

열심히 하고 있겠죠. 열정이란 단어는 디아 님에게 가장 어울리는 말이에요. 어떤 상황에서도 꿋꿋하게 길을 걸어가는 모습에 반해 디아 님 옆에 있지 않았을까 하는 생각을 해봤어요. 빈둥빈둥 놀 때도, 시험에 매번 떨어질 때도, 입사를 해서도 노래라는 길을 잃지 않는 디아 님에게 위로도 받고, 용기도 받았어요. 때론 너무 받아 미안하기도 했고요. 그 마음들을 담아 이번 공연 열심히 응원할 겁니다. 좋은 기운 팍팍 받아가시길요. 저뿐만 아니라 많은 팬분들의 기운 담아서 앞으로도 쭈욱 빛나는 디아 님 됐으면 좋겠어요. 언제나 응원할게요.

from. 티콘e

dear 디아

시간이 참 빠르다. 그렇죠? 벌써 3월이라니. 크리스마스가 엊그제 같은데 이건 세월이 화살보다 빠르다능. 우리가 서로 얼굴을 본 지도 두 달이 되어가네요. 얼마나 긴장했던지. ㅋㅋ 그날 분명 얼굴도 보고 사진도 함께 찍었는데 디아 님 눈밖에 기억이 안 나요. 원래 내 성격은 그렇지 않은데 왜 나라고 크게 말도 못 하고 쭈뼛쭈뼛거렸는지 지금도 이불킥 해요. ㅋㅋㅋ

노래도 들었는데 중간에 디아 님이 한 말은 기억 너머로 이사 간 지 오래~ 그래도 좋았어요. 1년을 화면에서만 봤던 사람을 한 번은 직접 봐야겠다는 생각이 들어서 간 건데 잘한 거 같아요. 역시나 따뜻한 사람이구나 하는 걸 느꼈어요.

나의 눈은 틀리지 않았다능. ^^ 오래 가요. 우리!

직접 만나고 나니 마음이 좀 더 깊어진 거 같아요. 올해는 디아 님 콘서트도 있고, 시카 님 부산에서 토크 콘서트 하시면 디아 님 볼 수 있는 기회가 몇 번 더 생겨서 로또 된 느낌이에요. 계 탔다~~ 눈누난나~~

사실 올해 상반기에 좀 바쁠 것 같아서 그런데, 아마 방송에 늦게 오거나 못 오는 날들이 종종 생길 거예요. 그러려니 하세요.

내가 디아 님 방송 너~무 좋아하는 거 알죠? 디아 님 방송이 내게 숨구멍이란 거. 그대의 노래가 나한테 큰 위로가 돼요. 언제나 앞으로도 각자의 자리에서 더 성장하고 성숙해지는 파다와 디아가 돼요, 우리. 파이팅! ^^

이건 여담인데 팬들이 디아 님 얼굴 보고 나면 대부분 떠난다 했죠. (이 말 들을 때마다 마음이 짠했어요. 토닥토닥)

---

안녕하세요, 디아 님. 우와~ 벌써 6주년이다~ 5주년이 엊그제 같은데 벌써 1년이라는 추억이 쌓여 6주년이 되었네요. 작년보다 더 행복한 시간 보내고 계시길 기도합니다. 제가 회사 생활 할 때 어떤 임원분이 어떤 일이든 정성을 다해 10년을 하면 위대해지고 20년을 하면 두려울 만큼 거대한 힘이 되고 30년을 하면 역사가 된다는 말씀을 하신 게 기억나는군요. 디아 님은 이미 위대하고 거대한 힘을 쌓아가고 계시네요. 앞으로 나아갈 길도 건강하고 행복합시다. 6월부터는 저도 많이 바쁠 듯합니다. ^^ 새로운 사업을 하나 더 하게 되어 정신없는 하루하루를 보내고 있네요. 6주년 선물이 너무 빨리 도착해서 당황… 26일 예정이었는데 필터는 방송에서 말씀드렸으니. ㅋㅋ 저희 제품이 기회식 가습이라 공기 청정 기능이랑 같이 붙어 있어도 괜찮을 거예요. 신선하고 촉촉한 바람 맞으시길… ㅎ 제가 선물하는 제품 하나하나 엄청 찾아보고 도움이 될 수 있는 것들로 선정한 거랍니다. 그러니 부담 없이 잘 써주심 감사! ^^ 지금은 조금 전에 디아 님 생방이 끝난 토요일 저녁이에요. 오랜만에 디아 님 얼굴 보고 속상했어요. 많이 아프셨구나. 얼굴이 반쪽이 되셨… 맛있는 것 많이 드시고 푹 주무시고 다시 건강해지세요!^^

to 디아 님에게

안녕하세요, 디아님. 람보훈입니다. 1월 23일이 4년차 팬 기념일이에요. 벌써 저도 4년차네요. 교원 페스티벌까지 여덟 번째 디아 님을 봅니다. 디아 님도 6년차 방송 수고 많으셨어요. 앞으로 더욱더 열심히 저희 팬들을 위해 노력하고 커버곡과 노래해준 게 정말 고맙고, 대단하다고 생각해요. 유튜브도 현재 기준 137만 명이 되었지요. 200만 구독자, 300만 구독자… 열심히 해서 목표 달성 응원합니다. ㅎㅎㅎ 방송도 10년, 20년, 그 이상 달리세요. 항상 서포터하고 늘 한결같이 응원하는 거 아시죠? 디아 님은 멋진 뮤직 크리에이터잖아요. 항상 응원해요. 디아 님이 있어 우리 팬이 있습니다. 팬으로서 사랑합니다!!

to 디아 언니

언니 안녕하세요! 저 스캬예요. 혹시 저 잊으신 건 아니시죵? 진짜 언니 오랜만에 보는 것 같아요. 너무 보고 싶었어요. ㅜㅜ 저 초6 때 언니 방송 봤는데 벌써 중3이에요. 진짜 시간 빠른 것 같아요. 카드가 없어서 문상 긁던 시절이 엊그제 같은데…. 그리고 저 언니 방송 자주 못들어가는 거 팬심 떨어져서 못 들어가는 거 절대 아니에요. 나이가 점점 많아지니까 해야 할 일들도 점점 많아지더라고요. 채팅만 잘 못 쓰는 거지, 언니 인스타 '좋아요', '댓글' 항상 달고 있고요. 방송도 틀어놓고 할 일 해요! 친구들한테도 귀아프도록 언니 얘기 자주 하고 있으니까 제가 항상 언니 사랑한다는 거 알아주세요!!! 그리고 언니! 저번에 고민 상담 참 감사했어요. 언니가 해주시는 말씀 하나하나가 저에겐 너무 와닿았어요. 언니가 해주시는 말 듣고 관계의 수보단 질이 더 중요하다는 것을 뼈저리게 느꼈고, 요즘은 저번일 용기있게 해결했고 걱정 없이 하루하루를 의미있게 살

아가고 있어용! 또 지친 하루를 언니 노래로 치유받고 있어요. 속상한 일이 있는 날엔 언니 유튜브에 들어가서 영상을 보면 아프고 속상한 일들이 거짓말처럼 날아가요. 저 언니 방송 보면서 크게 배운 게 있어요. 사람은 또 다른 사람을 움직일 수 있게 하는 힘이 있다는 거요. 전 사실 언니 방송 보기 전까진 "노래로 마음이 치유됐다. 상대방의 말로 내 인생이 바뀌었다." 이런 말 솔직히 믿지 않았어요. 근데 언니 방송을 보고 난 이후로 깨달았어요. 사람에게도 마음을 움직이게 할 수 있는 힘이 있구나… 하고요. 왜냐하면 언니에게도 그런 힘이 있거든요. 언니로 인해 도움을 받고 힐링을 받는 사람들이 항상 많다는 걸 알고 계셨으면 좋겠어요. 저에게 언니는 고맙고 감사한 것투성이인데 저는 언니에게 실질적으로 도움이 될 수 없어서 항상 죄송한 마음뿐이에요. ㅜㅜ 비록 제가 드릴 수 있는 것 몇 없지만 어른이 되면 꼭 언니에게 도움이 되고 싶어요. 그때까지 기다려주실 거죠? 그리고 언니!! 건강 항상 잘 챙기셔야 하고요! 힘들 땐 꼭 쉬세요~ 언니가 쉬지 않고 누구보다 열심히 달려오신 거 너무 잘 알아요. 때론 노력한 거에 비해 결과가 보이지 않으면 덜 노력한 사람이 된 것 같아서 많이 애쓰신 것도 알아요. 근데 언니 지금 너무 잘하고 계세요.♡ 저는 언니가 행복했으면 좋겠고, 눈물은 적당히 흘리셨으면 좋겠고, 적당히 여유로웠으면 좋겠어요! 언니는 행복할 준비가 되어 있는 사람이니까 모든 순간이 언니 자체이신 것을 잊지 않으셨으면 좋겠어요. 모두 돌이킬 수 없는 소중한 순간이라는 것을요! 제가 곁에서 항상 응원할게요. 저 꼭 기억해주셔야 해요! 언니! 제가 너무 사랑하고 좋아해요♡

from. 스키스캬 올림

# 아시안
# 최초
# 여주인공의
# 감동

티베트 속담에 이런 말이 있다. 걱정을 해서 걱정이 없어지면 걱정이 없겠네. 아무리 걱정을 해도 걱정거리는 계속해서 생기고, 사실 걱정을 한다 한들 상황이 변하지 않는 경우가 많다. 그렇다면 마음이라도 편하게 걱정을 탁 놓아버리라는 뜻일 텐데, 그게 또 어디 쉬운가?

나 역시 도전의 문을 두드리면서, 미리 걱정을 많이 한다. 어떤 날은 '예스yes!' 또 어떤 날은 '노no!'가 돌아온다. 끝나기 전까지는 결과를 알 수 없다. 결과를 기다리는 동안 걱정하느라 매번 천국과 지옥을 오간다. 가능성이 있는 것 같다가도 없는 것 같기도 하다. 반반의 확률인데, 어느 날부터 난 마음을 바꾸기로 했다. 되도록 좋은 쪽으로 생각하기로 했다. 내 인생 처음으로 뮤지컬 주연을 따낸 그날도.

정말 나는 열심히 준비한 오디션이었다. 잠시 후면 우리 학교에서 한 학기에 한 번 있는 정기 공연 뮤지컬 배역을 정하는 캐스팅 오디션이 시

작된다. 그러니까 그건 내가 고등학교 2학년 되던 해였어. 그해 도전하는 첫 번째 무대. 팽팽한 긴장감이 감돌았어. 어제의 친구들을 오늘은 라이벌로 만나 거리 두기를 시행하는 중이었지.

'너무 긴장하면 지는 거다.'

나는 소리를 내며 입과 목을 풀고, 스트레칭으로 긴장된 몸의 근육을 풀었어. 사실 오디션이라는 게 그렇다. 통과해 선택 받으면 세상을 다 가진 기분이지만, 선택을 못 받으면 재능을 의심하는 구간까지 낙심해버린다. 인생에서 그저 한 번의 기회를 놓치는 것뿐인데, 그 순간은 세상을 다 잃은 기분이다. 그만큼 우리에겐 무대가 절실했다.

덜컹! 강당 문이 열리고 선생님들이 들어온다. 하나, 둘, 셋, 넷…. 와, 심사위원이 무려 열 명이다. 꿀꺽, 침 삼키는 소리가 여기저기서 들린다.

이번 정기 공연 작품은 <그리스>다. 생각해보니 영화배우 정우성과 고소영이 의류 브랜드 CF에서 패러디하기도 했다. 내가 도전하는 배역은 여주인공인 '샌디'. 1960년대에 나온 영화에서는 '올리비아 뉴튼 존'이라는 대가수가 맡았던 배역이다.

무대 위에는 열 명의 심사위원 선생님들이 나란히 앉아 있고, 참가자들은 이름이 불리면 한 명씩 무대 위로 올라간다. <그리스> 뮤지컬 넘버 중에 자유곡 한 곡과 지정곡 한 곡을 부르고 나면, 심사위원들의 요청이 이어진다. 춤을 춰봐라. 독백 대사를 해봐라…. 나는 그 무대 위에서 나만이 보여줄 수 있는 샌디 캐릭터를 만들어간다. 어떤 게 정답일지 모르는 상황에선 나의 능력과 끼를 쏟아낼 수밖에….

나는 그날의 오디션에서 "예스!"를 받았다. 내 인생 첫 주연을 따냈다. 하지만 환희의 시간은 짧았다. 주연의 무게는 생각보다 더 무거웠어. 우리 학교 공연은 일반 고등학교 공연과는 달랐다. 학교 강당에서 하는 무료 공연이 아니다. 외부에 있는 정식 공연장을 대관하고, 티켓을 파는

상업적인 공연이다. 관객들은 돈 내고 티켓을 사서 온 일반 대중이다. 학예회 발표 수준으로는 관객들의 기대를 충족시킬 수 없다. 진짜 전문 뮤지컬 배우처럼 공연에 임해야 한다. 공연 연습을 하면 할수록, 부담감이 나를 짓눌렀어.

시간은 흘러 공연 첫날. 객석엔 빈자리가 없었다. 우리는 파이팅을 외치고 공연 시작을 기다렸다. 어두운 무대 위에 조명이 켜지고 첫 공연의 시작을 알렸다. 어떻게 공연을 끝마쳤는지 기억조차 나지 않는다. 마지막 커튼콜이 열리고, 내 염려와는 다르게 우리는 관객들의 박수와 환호를 받으며 첫 공연을 무사히 마쳤다. 감동, 희열, 아쉬움…. 복잡한 감정이 들었다. 나의 꿈인 뮤지컬 배우에 조금 다가간 느낌.

그런데 첫 공연이 끝나고 나에 대한 컴플레인이 들어왔다. 그 컴플레인이라는 게, 너무 인종차별적인 것이었다. 여자 주인공 '샌디'는 스토리상 백인이어야 하는데, 내가 아시아인이라 배역에 어울리지 않는다는 거였다. 생각지도 못한 일이었다. 내 연기가 부족했음을 지적했다면, 내 노래와 춤 실력을 지적했다면 그렇게 억울하지는 않았을 텐데. 내 마음 속 걱정의 회오리는 그때 다시 시작된 거야. 난 그때 벼랑 앞에 선 것 같았어.

나는 다시 '예스!'와 '노!'의 갈림길 앞에 섰다. 선생님들께서는 이 컴플레인에 대해 회의를 해서 주연 배역을 바꿀 것인지, 아니면 계속 나에게 맡길 것인지 결정하기로 했다. 결과를 기다리는 쪽은 언제나 약자가 된다. 그때 내가 얼마나 걱정을 했는지 모른다. 그런데 나의 키다리 아저씨, 도일 선생님이 나에게 "예스!"를 외쳐주셨다. 키다리 아저씨의 응원은 정말 내게 큰 힘이 되었다. 갑자기 가슴이 두근두근 뛰면서 잘해야겠다는 의지가 불끈불끈 솟았다.

"리디아야, 지금 아주 잘하고 있어. 흔들리지 말고 지금처럼만 해. 너

는 샌디야."

그래, 나는 <그리스>의 여자 주인공 샌디다!

# 감사
## 기도

늦은 밤까지 방송을 하게 되는 나는 아침 10시에 일어나 11시에 가족들과 아침을 먹고 하루를 시작한다. 어떤 특별한 일이 생기지 않는 한, 내 일상은 크게 바뀌지 않는다. 그런 내 일상에 나는 참 감사하다. 평온한 일상이어서 감사하다. 어쩌면 감사는 부족한 사람에게 찾아와주는 특별한 선물인지도 모른다. 감사하다 보면 정말 감사한 일이 자꾸 생기는 것 같기 때문이다. 나는 매일 감사한 것들이 너무나 많다. 생각난 김에 감사한 것들을 나열해볼까?.

참, 감사하다.

'버블디아'라는 이름을 포기하지 않고 굳게 지킬 수 있게 해주는 팬들이 생겨 감사하다. 그런 팬들과 소통할 수 있고, 평생을 그럴 수 있을 것 같아 감사하다.

참, 감사하다.

열심히 활동하면서 내 가족을 편안하게 생활할 수 있게 해준 내 안의 능력들에 감사하다. 가끔은 외롭다 느껴지는 길이지만 주위를 조금만 둘러보면 행복은 멀리 있는 게 아니란 걸 알게 된다. 즐길 수 있을 때 즐기고, 느낄 수 있을 때 느껴야 한다. 행복은 타인이 만들어주지 않는다. 내가 만들어가는 것이다.

참, 감사하다.

내 안에 꿈틀거리는 꾸준한 도전 정신에 감사하다. 그 도전 정신 덕분에 우울할 틈 없이 엔도르핀이 생성되기 때문이다. 사람들은 이런 나에게 힘들지 않냐고, 버겁지 않냐고 묻지만, 난 도전이 정말 행복하다.

참, 감사하다.

'버블디아'라는 이름이 세상에 알려져서 감사하다. 그래서 가능해진 것들이 있기 때문이다. '버블디아'여서 허락되는 도전이 생겼다. 실제로 아주 큰 부자는 아니지만, 돈보다 오히려 마음이 더 부자가 되었다. 내가 가지고 있는 것들이 많아졌다.

참, 감사하다.

누군가 아프면 마음이 아픈데 지금은 괜찮아서 감사하다. 엄마, 아빠, 남동생이 모두 잘 지내고 있어서, 가족이 더 이상 아프지 않아서 내 마음도 아프지 않다.

참, 감사하다.

지금 내가 가진 것과 오늘 하루 아무 탈 없이 보낸 것에 감사하다. 아

침에 일어나 오늘 할 일을 모두 마무리하고 잠들 준비를 한다. 오늘 하루도 참 잘 보냈구나. 내일은 또 내일의 태양이 뜨겠지.

참, 감사하다.

내가 아직은 할 일이 차고 넘치는 데 감사하다. 나는 하고 싶은 일을 할 것이고, 할 수 있는 것을 꾸준히 해낼 것이다. 그 일들을 잘 해내기 위해 언제나 노력할 것이다.

Part 4　　　　　포기하려는 순간,
　　　　　　　길은 또다시 열린다

1

누구에게나 성공을 위한 노하우 하나씩은 있지
않을까. 내 노하우는 문을 두드리는 것이다. 도전
정신! 내 도전 정신은 한 번에 끝나지 않는다. 한
번 두드려서 바로 열리는 문은 재미없다. 한 번
두드려서 열리지 않으면, 두 번이고 세 번이고 다시
두드려본다. 그래야 그 문이 열리는 문인지 아닌지
알 수 있으니까.

2

1년 안에 하고 싶은 일을 매년 1월 1일에 적고 매년
그것들을 실천하다 보면, 내가 원하는 삶에 좀
더 가까워지고 있다는 생각이 든다. 먼 목표보다
순간순간에 최선을 다하자. 나이가 든다는 것을
두려워하지 말자. 그것은 오히려 경력이 쌓이는
일이다.

3

'나는 어떨 때 스트레스를 받는가?'
이쯤에서 일상을 멈추고 곰곰이 생각해본다.
나는 8년 차 뮤직 크리에이터다. 지금은 안정적인
콘텐츠를 가지고 있지만, 이대로 머물러 있고 싶지는
않다. 난 정확히 어떤 미래가 두려운 걸까?

4

심사위원들에게 처음으로 혹독한 소리를 들었던
나는 마음고생이 심했지만 나의 문제점을 분석했고,
더 좋은 나로 발전하기 위한 변화를 도모했다. 성악,
록 발라드, 피아노 이렇게 세 가지 레슨을 매주 받기
시작했다. 조금 떨어져야 비로소 보이는 것들이 있지
않나. 방송 출연이 그랬다.

5

한때 내 목소리가 콤플렉스였다면, 여러분은 믿을 수 있을까? 이런 내 목소리가 좋아지기 시작한 건, 뮤직 크리에이터 버블디아로 활동하면서부터다. 라이브 방송을 시작하면 목소리가 좋다는 칭찬이 댓글 창에 계속 올라온다. 그러다 노래 한 곡을 다 부르고 나면 그 칭찬이 몇 배가 된다. 그때부터 나는 내 목소리가 좋아졌다.

6

버블디아 발성법은, 쉽게 따라 할 수 있도록 전문
용어보다는 실생활 화법을 사용한다. 이런 것들은
학교에서 배운 것도 있지만, 내가 직접 경험해서
찾아낸 방법들이다. 제대로 된 발성은 노래 부르기의
첫걸음이다. 목이 아파본 사람은 발성법의 중요성을
안다. 나는 나만의 노하우들을 사람들과 공유하고
싶다.

# 간절함을
## 실천하는
## 나만의
## 방법

　누구에게나 성공을 위한 노하우 하나씩은 있지 않을까. 내 노하우
는 문을 두드리는 것이다. 도전 정신! 내 도전 정신은 한 번에 끝나지 않
는다. 한 번 두드려서 바로 열리는 문은 재미없다. 한 번 두드려서 열리
지 않으면, 두 번이고 세 번이고 다시 두드려본다. 그래야 그 문이 열리는
문인지 아닌지 알 수 있으니까.

　앞에서 이야기했지만 고등학교 진학을 앞두고, 가고 싶은 학교가 생
겼다. 입소문으로 듣기에는 샌디에이고 내에서 뮤지컬을 체계적으로 가
르치는 곳이었다.

　'어? 그래? 내가 가고 싶은 학교가 그런 곳이야. 난 꼭 그 학교에 갈
거야.'

　결심을 굳히고 나니 마음이 급해졌다. 어떻게 하면 그 학교에 들어갈
수 있는지 알아보기 시작했다. 역시 명성만큼 까다로운 입학 오디션을

통과해야 했다.

떼를 쓰며 조르고 졸라 먼저 아빠를 설득했다. 그리고 그 예술고등학교에 찾아가 입학 오디션만 한 번 볼 수 있게 해달라고 매달렸다. 지금 생각하면 학교도 진짜 당황스러운 일이었을 거다. 대답은 역시나 노! 노! 노!였다. 하지만 나는 쉽게 포기하지 않았다. 내 기억으로는 아빠와 함께 일주일 동안 매일 학교를 찾아갔던 것 같다. 일주일째 되던 날, 결국 나에게 오디션 기회가 주어졌다. 아마 둘 중 하나였겠지. 뮤지컬에 대한 나의 열정에 감동했거나 오디션 기회를 주지 않으면 계속 찾아올 내가 귀찮았거나. 어느 쪽이든 상관없다. 문제는 내가 오디션을 볼 수 있게 됐다는 거다. 처음 두드렸을 때 열리지 않을 것 같던 문이 열 번 두드리자 결국은 열렸다. 내 끈기와 열정, 도전 정신이 문을 열게 만든 것이다. 그리고 나는 앞에 <나의 키다리 아저씨>에서 이야기했듯이, 결국엔 그 고등학교 입학 오디션을 통과하고 당당히 합격 통지를 받았다. 내가 그때 학교에 찾아가지 않았다면, 나에게 기회는 없었을 것이다.

살아가면서 우리는 중요한 갈림길에 서서 선택이란 걸 하게 된다. 그 선택의 결과는 자신의 몫이다. 나는 뭔가를 한번 결정하고 나면 직진만 하는 편이다. 좌우 돌아보며 고민하지 않고 정해진 목표를 향해서 전진한다. 그래서 내 선택에 대해 후회가 없다. 타임머신을 타고 과거로 돌아가 다시 갈림길에 선다 해도, 나는 같은 선택을 할 것이기 때문이다.

고등학교 입학 때뿐만 아니다. 꿈에 그리던 보스턴 음대 뮤지컬학부에 합격하고도 난 선택의 기로에 서야 했다. 그도 그럴 것이 1년에 학비만 5000만 원에, 반드시 받아야 하는 전공 과목 레슨비까지 하면 8000만 원이 있어야 학교를 다닐 수 있었다. 그것도 최소 8000만 원. 우리 집형편으로는 현실적으로 불가능했던 것이 맞다. 아빠는 자꾸 미안하다고

했다. 이건 불가능할 것 같다고….

나는 어쩌지 못하고 자꾸 눈물이 났다. 밖으로 나왔다. 그리고 무작
정 걸었다. 햇빛 속을 걷는데 일상의 느낌이 오히려 낯설어서 나는 자꾸
절망하고 있었다.

'학비를 마련할 수 없다니… 아니야, 하지만 아직 절망하기엔 일러.'

집을 향해 오는 길. 어린이집 아이들이 근처 공원으로 나들이를 나온
모양이다. 쪼르르 줄을 서서는 나를 향해 손을 흔든다. 귀여워서, 귀여워
서 웃다가 서 있는 자동차의 백미러에 비친 나를 봤다. 울고 난 눈이 빨
갛게 부어 눈이 더 또렷하게 보였다. 집으로 들어서는 순간이었다.

"미안합니다. 우리 아이가 학교를 가야 하는데, 장학금을 받고도 개
인적으로 내야 하는 돈이 좀 모자라서요. 이런 부탁을 드리게 되어 정말
죄송합니다."

아버지는 거의 애원하는 듯한 목소리였다. 뒷모습이 약간 흔들리는
것 같았다.

"네 네… 알겠습니다. 어쩔 수 없지요. 제가 죄송합니다."

수화기를 놓는 아버지의 손이 떨렸다. 거절당하셨다.

"아니, 슬기야. 언제 와 있었어?"

아버지는 날 보고 당황하시며 얼른 눈물을 훔쳤다. 나는 목소리의 톤
을 높여 유쾌하고 강하게 말했다.

"아빠! 걱정하지 마세요. 이건 내 생각인데 잘될 것 같아요."

내가 누구인가! 나는 다시 도전하기로 했다. 여기저기 알아보니 장학
금 오디션이란 게 있었다. 나는 또 문을 두드리기로 했다. 일단 해보자!
안 되면 또 다른 문이 있을 거야. 분명 어딘가엔 길이 있을 거야. 벼랑 끝
에서도 꼭 기회가 찾아온다는 것을 믿고 싶었다.

나는 그 오디션에서 뮤지컬학부생 두 명에게만 부여되는 장학금을

받게 되었다. 대학 등록금을 정부 지원금과 장학금만으로 모두 마련했다. 나는 그때 빌린 학자금 빚을 지금도 갚고 있다. 하지만 후회는 없다. 그렇게 하지 않았다면, 지금의 버블디아는 없었을 것이기 때문이다. 삶은 선택의 연속이다. 내일은 또 새로운 차원의 선택 앞에 나는 서 있을 것이다.

내 등록금을 빌리려다 거절당한 아버지는 2년 동안 서부에서 직접 트럭 운전을 해서 돈을 버셨다. 딸에게 조금이라도 보탬이 되어줘야겠다는 생각 때문이었다. 물론 그 뒤로 아버지는 그 누구에게도 돈을 빌려달란 이야기를 하지 않으셨다.

더
**행복해지기 위해**
꼭
**실천해야 하는**
것들

올해 목표

1. 새로운 록 발라드 30곡 커버하기

2. 게임 OST 부르기

3. 가수와 콜라보하기

4. 서울대 대학원 성악과 가기

매년 1월 1일. 나에게 새롭게 주어진 365일에 대한 기대감으로 시작한다. 1월 1일이면 내가 꼭 하는 연례 행사가 있다. 바로 1년 계획표 만들기! 올해 나의 목표는 이미 팬들과 공유했다. 팬들과의 약속은 내게 법적효력을 지닌 것과 같으니까. 특히 록 발라드 30곡은 팬들의 추천곡 위주로 진행할 계획이다.

1년이라는 기준이 있지만, 실현 가능성은 높다고 생각한다. 1년 계획

표 쓰기를 시작하기 전에는 40세 이후에 이루고 싶은 것들을 버킷리스
트로 써 내려갔다.

40대가 되면!!

1. 아티스트들의 노래 선생님이 되고 싶다.
2. 내 이름으로 된 클리닉을 만들어야지. 목이 아파서 병원에 가면 쉬
   면 된다고 하는데, 사실 아프기 전에 목을 풀고 발성만 제대로 하
   면 아플 일이 없다. 내 노하우를 많은 사람들한테 알려주고 싶다.
3. 교수가 되고 싶어. '뮤지컬 교수'도 좋고 '음악 교수'도 좋겠어. 아
   이들이 노래에 관한 꿈을 꿀 수 있도록 도움을 주고 싶어. 꼭 한국
   에서만 활동할 필요는 없어. 원하면 해외에 진출할 수 있도록 길을
   만들어주고 싶어.

근데 시간은 생각보다 빨리 흘렀다. 곧 40대가 될 거라는 초조함이
생기기 시작했다. 40세 이후를 준비하려는 의도였는데, 오히려 그 계획
이 나에게 독이 되어 초조함이 생기고 불안해지기 시작했다. 그래서 생각
을 바꾸기로 했다. 거창하고 오래 걸리는 버킷리스트 말고 1년 안에 내가
할 수 있는, 하고 싶은 현실적인 목표를 정하자!

"그래, 먼저 내가 하고 싶은 공부를 해보자. 목표는 서울대 대학원 성
악과!"

그동안 좀 더 전문적으로 음악 교육을 받아보고 싶었다. 작년부터 시
작한 이 계획은 올해 6월, 도전을 앞두고 있다. 이 계획을 결심한 날부터
한 번도 빠지지 않고 일주일에 한 번씩 성악 레슨을 받고 있다. 주변에서
는 배울 만큼 배우지 않았느냐고 하지만, 나는 아직 배움에 배고프다.

다른 유튜버들의 콘텐츠를 보면, 나 말고도 발성법을 강의하는 분들

이 많다. 그분들의 댓글 창에는 '유튜버가 뭘 아느냐?'는 식의 공격적인 댓글들이 많이 달린다. 나도 그런 경험이 있다. 내가 음악 전공자라고 아무리 설명해도, 전문가들은 그렇게 이야기하지 않는다는 식의 반응이 돌아온다. 그래? 그렇다면 이제부터 음악 공부를 더 하자. 음악적인 부분에 전문성을 더해 이 분야에 더 큰 영향력을 미치는 사람이 되고 싶다.

1년 안에 하고 싶은 일을 매년 1월 1일에 적고 매년 그것들을 실천하다 보면, 내가 원하는 삶에 좀 더 가까워지고 있다는 생각이 든다. 먼 목표보다 순간순간에 최선을 다하자. 나이가 든다는 것을 두려워하지 말자. 그것은 오히려 경력이 쌓이는 일이다. 내가 원하는 것들을 이루기 위해 보내는 노력의 시간이 곧 내 경력이 된다.

자, 이제 1년 후의 내 모습을 구체적으로 그려본다. 이런 이미지 트레이닝이 실천력을 키우는데 도움이 된다. 계획만 세워놓고 실천하지 않는다면 아무런 의미가 없잖아.

'서울대 대학원 성악과 강의실에서 열심히 강의를 듣고 있을 거야.'

'오호! 새롭게 커버된 록 발라드 30곡의 반응이 뜨거운데? 조회 수가 900만 뷰를 넘었잖아? 곧 1000만 뷰 돌파하겠는걸. 아싸~'

'너 혹시 어제 출시된 게임 OST 들어봤어. 그 목소리, 바로 내 목소리야~'

내년 1월 1일에는 무슨 계획표를 짜게 될까? 벌써부터 기대가 된다.

## 스트레스를
## 대하는
## 나의
## 자세

34세 B 양은 잘나가는 유튜브 채널을 운영하고 있다.
중저음의 매력적인 목소리에 깜찍한 외모로 사람들의 사랑을 받는다.
탁월한 음악 실력으로 구독자 수 156만 명을 보유하고 있다.
하루 24시간이 모자란 B 양은 바쁘다는 핑계로
자신도 몰랐던 스트레스를 방치하고 있다.
- B 양의 가상의 하루

'나는 어떨 때 스트레스를 받는가?'
이쯤에서 일상을 멈추고 곰곰이 생각해본다. 나는 8년 차 뮤직 크리에
이터다. 지금은 안정적인 콘텐츠를 가지고 있지만, 이대로 머물러 있고 싶
지는 않다. 구독자 수나 조회 수가 멈춰 있을까 봐 두려운 날도 많다. 난
정확히 어떤 미래가 두려운 걸까? 구체적으로 한번 써보자. 그리고 그 걱

정에 대한 긍정적인 마인드 트레이닝이 필요하다. 그것도 함께 적어볼까?

1. 유튜브가 계속 잘된다는 보장이 없잖아?

잘될 거야. 잘될 거야. 진심을 담아 열심히 하고 있잖아. 걱정할 걸 걱정해라. 버블디아를 응원하고 지지하는 엉덩이 무거운 우리 팬들이 있잖아.

2. 다른 사람들은 발전하고 있는데 나만 그 자리 그대로 있는 건 아닐까?

그래서 계속 도전하고 있잖아. 고민하고 있잖아. 실천하고 있잖아. 아예 아무것도 안 하고 있다면 문제가 되겠지만, 그게 아니잖아. 너무 조급해하지 마. 조급해할수록 시야가 더 좁아져 놓치는 부분이 분명 있을 테니 넓게!! 더 넓게 큰 그림을 그려봐!

3. 내가 만약 유튜브를 안 한다면 무엇을 할 수 있을까?

버블디아를 브랜드화시켜서 유튜브라는 한계를 뛰어넘어야지. 지금의 준비들이 미래를 위한 준비라고 생각해. 유튜브에만 머무를 수 없잖아! 더 크게 꿈을 키워봐! 그래서 대학원에 가고 경험을 쌓으려고 하는 거잖아. 온라인 레슨을 만들어보면 어떨까?

4. 나는 우리 집 가장인데 앞으로 그 역할을 제대로 하지 못하게 되면 어쩌지?

걱정하지 마. 아직 일어나지도 않은 일이잖아. 넌 아티스트야. 버블디아의 목소리가 살아 있는 한, 불가능은 없어. 미래의 걱정을 끌어안고 살기보다는 지금 일단 최선을 다해. 즐기는 자를 이길 수는 없어. 지금까지 해온 것처럼 즐기면서 해. 돈 워리Don't worry! 일단 최선을 다해!

5. 이렇게 써놓고 보니 나도 몰랐던 스트레스가 있었네. 어떻게 하지?

일단 네가 지금 해결할 수 없는 일은 잊어. 대신 너 자신을 다지는 시간, 발전하는 시간을 갖도록 해. 그리고 스트레스는 풀어야지. 너 책 읽으면서 스트레스 풀잖아. 읽고 싶은 책을 읽어. 운동도 좋아하잖아. 땀을 내고 나면 훨씬 좋아질 거야.

# 원숭이도
# 가끔
# 나무에서
# 떨어지기도
# 한다

    지난해 마지막 날 "올해가 내 인생 중 가장 기억에 남는 중요한 해였던 것 같아"라고 했는데, 달력이 바뀌고 나면 이번 해가 또 내 인생에서 가장 중요한 한 해가 아니었나 생각하게 될 것 같다. 그나저나 내 인생에 터닝 포인트는 몇 번이나 있었을까?

    미국으로 이민 갔던 10대 때 한 번, 한국으로 돌아온 20대 때 한 번, 그리고 30대 때 서바이벌 오디션에 참가한 후. 이런 터닝 포인트 때마다 내 인생에 큰 변화가 생겼다.

    나는 오디션 프로그램과는 인연이 없는 것 같다. <슈퍼스타 K>, <K-POP 스타>에 도전했을 때도 나는 심사위원조차 만나지 못하고 탈락했거든. 그리고 최근 마지막 오디션 프로그램에서도 본선 1차 진출에 실패했다. 나는 사실 도전을 결정하고 나면 결과에 연연해하지 않는다. 그 과정 속에서 나의 성장을 즐긴다고 할까?

2020년 <내일은 미스트롯 2>에서 출연 제의가 들어왔을 때, 처음에는 많이 망설였다.

'버블디아가 트로트를 한다고? 글쎄…'

물론 고민을 안 한 것은 아니지만 출연을 결심하게 된 것은 '트로트'라는 새로운 장르에 대해 도전이라는 나의 승부욕이 발동했고, 약간 아니 조금 교만했다. 난 노래엔 자신이 있었어.

'내가 트로트라는 장르를 언제 이렇게 불러볼 수 있겠어?'

가수를 꿈꾸는 이들에게 꿈과 희망을, 그리고 영원한 음악인으로서 삶의 터전을 만들어주는 자리인 <내일은 미스트롯 2>는 지금까지 봐온 오디션하고 다르게 더욱더 치열했다. 그리고 세상엔 왜 이렇게 노래 잘하는 사람이 많은 거야? 그러나 나는 오디션 프로그램이 주는 현장의 적당한 긴장감을 즐겼다.

출연을 결심하고 나서 6개월 동안 수없이 트로트를 불렀다. 그런데 방송을 앞두고 선곡 문제에 부딪혔다. 나는 정통 트로트를 부르고 싶은데, 제작진은 내 생각과 달리 발라드로 선곡 방향을 잡은 거야. 제작진과의 조율 끝에 결국 예선 무대에서 나는 트로트를 가미한 록 발라드 <비와 외로움>을 부르게 되었는데, 연습을 했지만 뜻대로 되지 않았다.

녹화 당일, 우리 무대는 리허설 없이 진행됐다. 당시 코로나 방역으로 출연자들의 이동이 제한되어 녹화 전까지 대기실에서 잠깐 목을 푸는 정도가 전부였다. 그런데 그런 기분 아는가? 지금 당장이라도 사고가 나서 이 무대에 서고 싶지 않다고 생각하거나, 긴장감이 극도로 심해져 아무런 생각이 나지 않는 그런 순간. 모두들 그런 순간의 경험이 한 번씩은 있지 않을까? 그때 내 심정이 바로 그랬다. 그런 긴장감 속에서 이름이 불렸다. 내 차례다. 무대에 올라가 노래를 시작하려는데 역시나 눈앞이 깜깜한 거야. 그리고 첫 음을 떼는 순간, '아뿔싸 망했구나!' 결과는 혹독

한 평가와 최종 탈락!

'쥐구멍 어디 없나요?'

숨어버리고 싶었어. 아니, 할 수만 있다면 출연 전으로 돌아가고 싶었어.

'내가 무슨 짓을 한 거야? 음악을 전공한 내가 탈락이라니…'

그날 이후 나는 무대에 올라가면 긴장하는 무대 트라우마가 생겼다. 얼굴 표정엔 초조한 빛이 뚜렷하고, 자신감도 많이 줄어들었다. 웃음기도 많이 사라졌다. '이게 제 실력이죠'라며 자조 섞인 한숨을 쉬기도 했다.

주변의 반응도 만만치 않았다. 우선 방송 후 두 시간 만에 구독자 수가 5000명 늘었고, 트로트 오디션에 왜 발라드를 선곡했느냐는 질문이 한동안 쏟아져 들어왔어.

그 뒤로 나는 매일매일 일기를 쓰기 시작했다. 뭐가 문제였는지 살펴보았고, 앞으로 해야 할 일들을 적어간 거야. 그리고 매번 노래를 부를 때마다 녹음하고 모니터링해서 내 부족함을 파악하려 했다.

'노래에 대한 표현력과 힘이야 모자람이 없었을 터. 정확한 음정과 감정 표현 또한 괜찮지 않았을까? 혹시 리듬감에 문제가 있었나? 그때 그 음정을 좀 더 안정시켜야 했는데, 너무 긴장해서 떨었던 게?'

- 책을 일주일에 두 권, 자기계발서를 읽어 나가며 나를 토닥토닥 위로했다.
- 노래 연습을 무조건 하루에 세 시간씩 했다.
- 그리고 거울을 보며 "난 노래를 잘한다" 하루에 열 번씩 소리 내서 말했다.

심사위원들에게 처음으로 혹독한 소리를 들었던 나는 마음고생이 심했지만 나의 문제점을 분석했고, 더 좋은 나로 발전하기 위한 변화를 도모했다. 성악, 록 발라드, 피아노 이렇게 세 가지 레슨을 매주 받기 시작했다. 조금 떨어져야 비로소 보이는 것들이 있지 않나. 방송 출연이 그랬다. 그동안 미처 몰랐던 나의 부족함들이 그제야 보이는 거야.

그리고 벌써 1년이 지났네. 나는 여전히 성악, 록 발라드, 피아노 레슨을 매주 꾸준히 받고 있다.

## 트라우마는
## 극복하라고
## 있는
## 거지

30대가 되면 인간관계가 조금은 편해질 줄 알았다. 그동안 겪은 시행착오들이 경험이 되어서 말이다. 그렇게 될 줄 알았는데, 그게 쉽지 않다.

나는 여전히 인간관계에 서툴다. 나에겐 타인의 말과 행동이 남긴 생채기가 있다. 누군가는 이야기한다. 세상에 상처 하나 없는 사람이 어디 있냐고. 맞는 말이다. 몸에 상처가 나면 새살이 돋는다. 하지만 마음은 그렇지 않다.

나는 아직도 혼자 있는 게 익숙하고, 혼자 일하는 게 좋다. 누군가 나의 벽을 부수려고 한다면, 그 벽을 무너트리지 못하게 나는 더 두껍게 내 벽을 쌓을 것이다. 그만큼 나는 누군가가 내 인생으로 들어오는 것을 막고 싶다.

사춘기가 시작될 즈음, 나는 미국으로 이민을 가게 됐다. 부모님의 갑작스러운 결정에 나는 영어 한마디 못 하는 채로 미국에 도착했다. 처음

1년간 미국 생활은 끔찍했다. 영어를 못 하는 아시아인은 아이들의 괴롭힘의 대상이 되었다. 몸에서 냄새가 난다며 왕따를 당한 것도 하루이틀이 아니다. 마음의 상처로 괴로웠던 시절, 나는 늘 혼자였다. 일 때문에 바쁜 엄마 아빠에게 차마 얘기를 꺼내지 못하고 중학교 1학년을 그렇게 보냈다. 다행히 2학년이 되면서 영어로 소통이 가능해졌다. 그리고 이렇게는 안 되겠다는 생각이 들었다.

'그래, 내가 달라져야 해. 내가 좋아하고 잘할 수 있는 것을 하자.'

먼저 방과 후 합창단에 들어갔다. 내가 노래는 좀 하잖아? 그러니까 내 노래로 친구들을 만들어보자, 그런 심사였다. 내가 처음 합창단에 나타나자 아이들의 시선이 모였다. 그러나 경계심도 느껴졌다. 여전히 아이들은 나와의 거리를 유지했다. 하지만 내 노래를 듣고 나자 아이들이 하나둘 내 주변으로 모여들기 시작했다. 이민 온 후 처음으로 소속감이 생겼다.

나를 괴롭히던 아이들은 여전했다. 하지만 이젠 괜찮았다. 내 편을 들어주는 친구가 몇 명 생겼다. 나는 더 이상 혼자가 아니게 됐다. 합창단에 들어가 내 노래를 인정받고 찾은 평화로움이었다. 하지만 그 시절 괴롭힘과 왕따 사건은 내 마음 깊숙이 생채기를 냈다.

그때부터 나는 사람들이 많은 자리에선 이야기를 잘 안 한다. 나한테 모이는 시선에 두려움을 느낀다. 생채기란 것이 옅어지기는 했지만, 완전히 사라지지는 않은 모양이다. 그러고 보면 어렸을 때 생긴 감정들이 지금의 나를 만든 거 같다. 대신 좋은 것도 있다. 그런 힘듦을 경험하다 보니 노래에, 연기에 감정이 1초 만에 잡힌다. 선생님들은 항상 "넌 무슨 생각을 하길래 이렇게 감정을 잘 잡니? 진정성이 느껴진다…"라고들 하시는데, 이처럼 나만 아는 나만의 비밀 도구로 사용되기도 한다. 물론 지금도 처음 불러보는 곡에 심장이 떨리기도 하고, 호흡도 잘 안 되는 날이

있다. 습관처럼 굳어질까 봐 더 많은 연습을 한다. 그러나 내 맘대로, 원하는 대로 되는 건 쉽지 않다. 게다가 트로트 오디션 프로그램에 출연한 후 생긴 무대 트라우마도 아직 남아 있다.

한때 내 목소리가 콤플렉스였다면, 여러분은 믿을 수 있을까? 나는 어릴 적부터 중저음의 내 목소리가 싫었다. 목소리라는 것이 원래 첫인상처럼 그 사람을 기억하는 기준이 되기도 한다. 나는 종종 동글동글한 내 얼굴과 목소리가 어울리지 않는다는 이야기를 듣곤 했다. 말소리뿐 아니라 노랫소리도 그렇다. 친구들과 노래방에 가서 노래를 할라치면 다른 친구들은 아이유 노래 같은 여성스러운 곡을 부르는데, 내 목소리에 어울리는 노래는 언제나 록 발라드였다. 그래서 파워풀한 내 목소리가 싫었던 것 같다.

이런 내 목소리가 좋아지기 시작한 건, 뮤직 크리에이터 버블디아로 활동하면서부터다. 라이브 방송을 시작하면 목소리가 좋다는 칭찬이 댓글 창에 계속 올라온다. 그러다 노래 한 곡을 다 부르고 나면 그 칭찬이 몇 배가 된다.

'아, 내 목소리가 좋은 목소리였구나.'

그때부터 나는 내 목소리가 좋아졌다.

## 디아의
## 코칭이
## 필요한 사람,
## 여기여기
## 모여라~

"노래를 불러보라기에 불렀을 뿐인데, 어떤 사람은 킥킥 웃고 어떤 사람은 계속 고개를 갸우뚱거리고 그래요. 나 음치예요!"

이런 고민을 가지고 계신 분들이 의외로 많다. 또 생각보다 우리 주변엔 음치가 많다. 음치가 아니더라도 노래를 좀 더 잘 부르고 싶어 하는 사람도 많다.

가만 보면 우리나라 사람들만큼 노래를 좋아하는 국민도 없다. 지금은 코로나 때문에 주춤해졌지만, 코로나 이전을 생각해보면 많은 사람들이 일주일에 한 번 이상은 꼭 노래방에 간다고 들었다. 딱히 내가 뮤직 크리에이터라는 직업을 가져서가 아니다. 한국인이라면 누구나, 심지어 직장 생활 하는 40~50대 분들도 회식 자리 후에는 노래방이 필수 코스라는 이야기를 들었다. 그만큼 우리나라에서 노래를 부르는 일은 자연스럽고 일상적인 일이 아닌가 싶다.

1990년대 초반에 시작된 이 노래방 문화가 벌써 30년이 넘었다. 그러다 보니 요즘 젊은 세대들은 다 노래를 잘한다. 하지만 모든 사람이 노래를 잘할 수는 없는 법이다. 우리 주변엔 생각보다 음치가 많다. 그리고 딱히 음치가 아니더라도 노래를 좀 더 잘 부르고 싶어 하는 사람이 많다. 버블디아 발성법은 그래서 인기가 높다.

"입을 쭈~욱 내밀어서 푸~ 한번 해보세요. 자, 입술이 떨리죠?"

"자, 배를 부풀려보세요. 똥 나오기 직전 느낌? 맞아요!"

버블디아 발성법은, 쉽게 따라 할 수 있도록 전문 용어보다는 실생활 화법을 사용한다. 이런 것들은 학교에서 배운 것도 있지만, 내가 직접 경험해서 찾아낸 방법들이다. 제대로 된 발성은 노래 부르기의 첫걸음이다. 목이 아파본 사람은 발성법의 중요성을 안다. 나는 나만의 노하우들을 사람들과 공유하고 싶다.

발성법 콘텐츠 제작은 재능 기부 측면도 있다. 어렸을 때 나는 가정 형편이 어려워서 받고 싶은 레슨을 못 받았다. 나처럼 레슨을 받고 싶어도 받을 수 없는 그때의 상황을 그 누군가가 반복하지 않았으면 싶다.

지금은 실제 오프라인 수강생들도 있다. 모두 내 유튜브 영상을 보며 혼자 발성 연습하던 분들이다. 내가 수강생을 모집한다는 소식에 신청한 분들이 7명. 20대부터 60대까지 연령층도 다양하다. 그분들이 노래를 배우는 목적은 다 다르다. 노래가 좋아서, 앨범을 한번 내고 싶어서, 죽기 전에 노래 한 곡은 잘 부르고 싶어서란다. 공통점도 있다. 노래 부르기를 포기했다가 우연히 내 발성법 영상을 보고 재도전을 시작한 분들이다.


1.

J 씨는 올해 나이 40세인 남성 수강생이다. 바쁜 업무에도 출석률 100%, 그만큼 노래에 대한 열정이 대단하다.

첫날 테스트 곡으로 <지나오다>를 불렀는데, '아… 많이 배우셔야겠구나' 하는 생각이 들었다. 그분은 발성이 기초부터 많이 부족한 상태였다. 첫날 테스트를 바탕으로 개인별 맞춤 커리큘럼을 짰다. 이때 죽기 전에 부르고 싶은 노래 리스트를 받아 연습곡으로 정해놓았다. J 씨의 경우 30분 호흡, 30분 공명, 30분 노래로 총 1시간 30분 레슨을 진행한다. 지금은 시작한 지 1년이 지났는데 실력이 확실히 좋아졌다.

2.

K 씨는 올해 나이 25세인 남성 수강생이다. 음치다. 이런 '찐 음치'의 경우, 맞춤 커리큘럼을 짜기 전에 '왜 음치일까?' 이유를 알아내야 한다. F를 누르고 따라 불러보라고 하니 전혀 다른 소리를 낸다. 반복해보니 누르는 소리보다 항상 4개 정도 소리가 높다. 소리 자체가 다 위에 있다. 이분을 위한 해결책은, 소리를 바로 내지 말고 4개 정도 내려서 내게 한다. K 씨의 경우는 30분 호흡, 40분 공명, 10분 노래로 레슨을 진행한다. 이제 4개월 차인데, 한 곡만 집중적으로 연습하면 음치의 경우라도 6개월에 노래 한 곡은 마스터할 수 있다. 그렇게 되면 녹음도 가능하다.

발성을 배우는데 목표가 없으면 지루해진다. 그래서 나는 수강생들에게 앨범 제작이라는 목표를 세워주었다. 절대 안 될 것 같던 분들도 버블디아 발성법으로 연습하면, 최소 6개월부터는 적어도 노래 한 곡 정도는 음반 녹음을 할 수 있게 된다. 신기하지 않은가? 음치는 불치병도 아니고 장애도 아니다. 사람의 성대 구조는 다 똑같다. 그 성대 구조를 잘 사용하는 자신의 방법을 찾아낼 수만 있다면, 누구나 음치에서 탈출할 수 있다. 대화 클리닉, 사투리 클리닉, 대인관계 클리닉, 웅변 클리닉 등 말하기에 대한 클리닉은 참 많은데, 음치 클리닉은 거의 없는 것 같다. 이

제는 노래 부르는 것도 사회생활이나 인간관계의 중요한 부분이 되었다. 앞으로는 더 중요해질 것이다. 그래서 나는 나중에 내 이름으로 된 클리닉을 꼭 만들고 싶다. '버블디아 음치 클리닉'!

이미 첫발은 내디뎠으니, 내 특기인 꾸준함과 도전 의식으로 반드시 이 목표를 이뤄낼 거야!

Part 5

# 100만 구독자가
# 인정했다!
# 버블디아의
# 인기 발성 베스트 5

## 고음에서 막힌 소리 뚫는 법!
## (남자 편)

'바, 나, 다, 자'처럼 코 뒤로 말리는 소리는 고음이 쉽게 내질러지지 않으니 힘을 줘야 한다. 이렇게 내지르기 어려운 단어의 소리를 뚫고 고음을 내는 방법이 있다.

## 목으로 노래 안 하는 방법

생목으로 노래를 부르지 않으려면 공명점을 배워야 한다. 생목으로 노래를 부르지 않을 수 있도록, 여러 가지 공명 연습법을 제시한다.

## 노래 잘하는 5가지 방법

사람들이 '음치'라는 소리를 듣는 경우에 대해 설명하고, 각각의 해결 방법을 구체적으로 설명한다.

높은음이 안 올라가는 이유?
Part. 1

높은음 두성을 내려면 가성을 할 줄 알아야 한다. 각각의 섹션에 대한 설명과
연습 방법을 알려준다.

기초 발성_진성 편

소리를 잘 내는 방법은 물론 어떻게 하면 진성 소리를 편안하게 낼 수 있는지
구체적인 예를 들어 설명한다.

Epilogue _

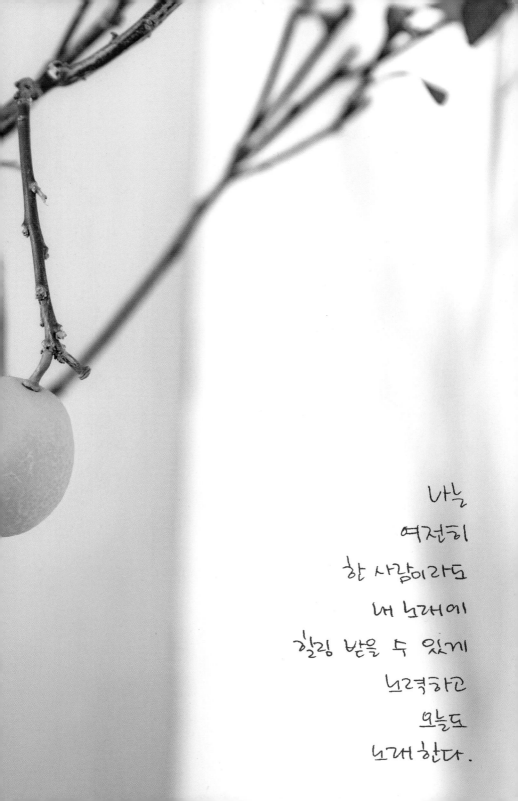

나는
여전히
한 사람이라도
내 노래에
힐링 받을 수 있게
노력하고
오늘도
노래한다.

**버블디아's
부르지 못한 이야기**

**1판 1쇄 인쇄**
2022년 5월 16일
**1판 1쇄 발행**
2022년 5월 27일

**지은이**
버블디아

**펴낸이**
백영희

**펴낸곳**
㈜너와숲

**주소**
04032 서울시 금천구
가산디지털1로 225
에이스가산포휴 204호

**전화**
02-2039-9269

**팩스**
02-2039-9263

**등록**
2021년 10월 1일
제2021-000079호

**ISBN**
979-11-976388-7-9 03810

**정가**
16,800원

©버블디아

**이 책을 만든 사람들**

**책임 편집**
조혜린
**교정**
허지혜

**홍보**
박연주
**마케팅**
배한일

**디자인**
글자와기록사이
**사진**
황규백

To
love
someone,
you
have to
love
yourself
first.

누군가를
사랑하고자
한다면
너 자신을
먼저
사랑해야
해.

여름날
의
빗소리에
나의
심장이
뛴다.

ISBN 979-11-976388-7-9 03810
값 16,800원

It made
me a
better
person
to be
around
you.

당신
옆에
있으면
나도
더 나은
사람이
돼.

행복은

타인이

만들어주지

않는다.

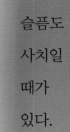

슬픔도
사치일
때가
있다.

인생은
미완성
악보다.

나를
믿어주는
사람이
있다는 건

너무나
신나고
즐거운
일이야.

Life

is

a

journey

of

the

world.

인생은
세상
여행이다.

혼자일
때
비로소
보이는
것들

Things
that
you see
when
you're
alone.

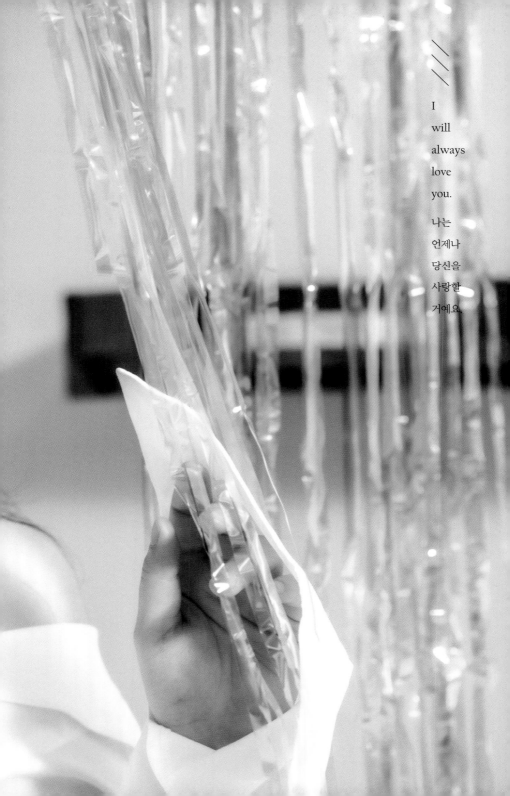

I
will
always
love
you.

나는
언제나
당신을
사랑할
거예요.

난 안다.
나에게
제일
중요한 건
음악을
진짜로
사랑해야만
이 일을
계속할 수
있다는
것을.

My favorite things

눈을
감는다.
그런데
눈을
감고 보니,
순간
눈꺼풀
아래서
아지랑이가
피어난다.

250만 구독자를 사로잡은
8년차 뮤직 크리에이터 버블디아의
수줍지만 담담한 첫 번째 에세이

내가 좋아하는 것들을
하나씩 말하고 나면
정말 기분이 좋아질까?

버블디아가   좋아하는   것들

비 내리는 여름

립스틱

책 읽기

군것질

꾸민

ON AIR

디지털 기기

Bubbledia's Unsung Story

ISBN 979-11-976388-7-9 03810
값 16,800원

# 記號 · 略語表

## 《本文記號表》

【 】法令固有의 標題
[ ] 編者가 붙인 標題
①②③ 法令固有의 項表示
(1)(2)(3) 編者가 붙인 項表示

| | | | |
|---|---|---|---|
| 改前 | 개정전 조문 | 판례 | 우리나라 판례 |
| 참조 | 참조조문 | 일판 | 일본 판례 |
| 독판 | 독일 판례 | 프판 | 프랑스 판례 |
| 영판 | 영국 판례 | 미판 | 미국 판례 |

## 《法令略語》

### 가~나 部

| | |
|---|---|
| 가등기담보 | 가등기담보등에관한법률 |
| 가소 | 가사소송법 |
| 가소규 | 가사소송규칙 |
| 가족관계등록 | 가족관계의등록등에관한법률 |
| 간이절차에의한민사 | 簡易節次에의한民事紛爭事件處理特例法 |
| 감규 | 監査院規則 |
| 감사 | 감사원법 |
| 감염병 | 감염병의예방및관리에관한법률 |
| 감정평가감정평가사 | 감정평가및감정평가사에관한법률 |
| 개인정보보호일부개정령 | 개인정보보호를위한일부개정법령등 |
| 거절증서 | 거절증서령 |
| 건설산업 | 건설산업기본법 |
| 건축 | 건축법 |
| 검찰 | 검찰청법 |
| 경범 | 경범죄처벌법 |
| 경제활성화친서민해소 | 경제활성화및친서민국민불편해소등을위한일부개정령 |
| 경찰공무원 | 경찰공무원법 |
| 경찰직무 | 경찰관직무집행법 |
| 계엄 | 계엄법 |
| 고등교육 | 고등교육법 |
| 고유정보처리 | 고유식별정보처리마련을위한일부개정령, 고유식별정보마련을위한일부개정령 |
| 공간정보구축관리 | 공간정보의구축및관리등에관한법률 |
| 공공보상 | 公共用地의取得및損失補償에관한特例法 |
| 공공차관 | 공공차관의도입및관리에관한법률 |
| 공무원범죄 | 공무원범죄에관한몰수특례법 |
| 공무원보수 | 공무원보수규정 |
| 공무원복무 | 국가공무원복무규정 |
| 공무원연금 | 공무원연금법 |
| 공무원임용 | 공무원임용령 |
| 공무원임용시 | 공무원임용시험령 |
| 공선 | 공직선거법 |
| 공수처법 | 고위공직자범죄수사처 설치 및 운영에 관한 법률 |
| 공익설립 | 공익법인의설립·운영에관한법률 |
| 공인중개사부동산거래신고 | 공인중개사의업무및부동산거래신고에관한법률 |
| 공장광업재단 | 공장및광업재단저당법 |
| 공증 | 공증인법 |
| 공증인수수료 | 공증인수수료규칙 |
| 공직선거규 | 공직선거관리규칙 |
| 공직윤리강화 | 공직윤리 강화를 위한 일부개정령 등 |
| 공직자범죄수사처 | 고위공직자범죄수사처 설치에 따른 일부개정법령 |
| 공직자윤리 | 공직자윤리법 |
| 공탁 | 공탁법 |
| 공토법 | 공익사업을위한토지등의취득및보상에관한법률 |
| 과기령 | 科學技術部令 |
| 과태료금액정비 | 과태료금액정비를위한일부개정령등 |
| 과태료부과일부개정령 | 과태료부과·징수절차정비를위한일부개정법령등 |
| 관세 | 관세법 |
| 광업 | 광업법 |
| 광업재단저당 | 鑛業財團抵當法 |
| 교령 | 教育部令 |
| 교육 | 教育法(舊) |
| 교육공무원 | 교육공무원법 |
| 교육기본 | 교육기본법 |
| 국가계약 | 국가를당사자로하는계약에관한법률 |
| 국가공무원 | 국가공무원법 |
| 국가배상 | 국가배상법 |
| 국가보안 | 國家保安法 |
| 국가소송 | 국가를당사자로하는소송에관한법률 |
| 국가안보 | 국가안전보장회의법 |
| 국가유공자등예우 | 국가유공자등예우및지원에관한법률 |
| 국가자치경찰 | 국가경찰과 자치경찰의 운영에 관한 법률 |
| 국감 | 국정감사및조사에관한법률 |
| 국군조직 | 국군조직법 |
| 국민기초생활 | 국민기초생활보장법 |
| 국민보험 | 국민건강보험법 |
| 국방령 | 國防部令 |
| 국세 | 국세기본법 |
| 국세와지방세의조정 | 국세와지방세의조정에관한법률 |
| 국세징수 | 국세징수법 |
| 국유재산 | 국유재산법 |
| 국제연합 | 國際聯合憲章 |
| 국토이용 | 국토의계획및이용에관한법률 |
| 국회 | 국회법 |
| 국회에서의증언 | 국회에서의증언·감정등에관한법률 |
| 군무원 | 군무원인사법 |
| 군사기밀 | 군사기밀보호법 |
| 군사법원 | 군사법원법 |
| 군사법원의재판권 | 軍事法院의裁判權에관한법률 |
| 군용물등범죄 | 군용물등범죄에관한특별조치법 |
| 군인연금 | 군인연금법 |
| 군형 | 군형법 |
| 권한지방이양 | 중앙행정권한및사무등의지방일괄이양을위한일부개정령등 |
| 귀속재산 | 歸屬財産處理法 |
| 규 | 規則 |
| 규제기한설정 | 규제재검토기한설정을위한일부개정법령등 |
| 규제기한정비 | 규제재검토기한설정등규제정비를위한일부개정법령등 |
| 규제기한해제 | 규제재검토기한설정해제등을위한일부개정법령등 |
| 규제일몰제적용 | 규제일몰제적용을위한일부개정법령등 |
| 근기 | 근로기준법 |
| 근로자참여 | 근로자참여및협력증진에관한법률 |
| 금감설치 | 金融監督機構의設置등에관한법률 |
| 금융감독 | 金融監督機構의設置등에관한法律制定등에따른公認會計士등의整備에관한法律 |
| 금융부실 | 금융회사부실자산등의효율적처리및한국자산관리공사의설립에관한법률 |
| 금융산업 | 금융산업의구조개선에관한법률 |
| 금융실명 | 금융실명거래및비밀보장에관한법률 |
| 기초연구진흥개발 | 기초연구진흥및기술개발지원에관한법률 |
| 내수면 | 內水面漁業法 |
| 노노 | 노동조합및노동관계조정법 |
| 노동위 | 노동위원회법 |
| (구)노동쟁의 | (구)勞動爭議調整法 |
| (구)노사 | (구)勞使協議會法 |
| (구)노조 | (구)勞動組合法 |
| 노령 | 勞動部令 |
| 노무사 | 공인노무사법 |
| 노인복지 | 노인복지법 |
| 농수산물유통 | 농수산물유통및가격안정에관한법률 |
| 농어촌등보건의료 | 농어촌등보건의료를위한특별조치법 |
| 농어촌정비 | 농어촌정비법 |
| 농지 | 농지법 |
| 농협 | 농업협동조합법 |

### 다~바 部

| | |
|---|---|
| 담배 | 담배事業法 |
| 담보부사채 | 擔保附社債信託法 |
| 대규 | 大法院規則 |
| 대기환경 | 대기환경보전법 |
| 대외무역 | 대외무역법 |
| 도농복합 | 都農複合形態의市設置에따른行政特例등에관한法律 |
| 도로교통 | 도로교통법 |
| 도시공원녹지 | 도시공원및녹지등에관한법률 |
| 도시재개발 | 都市再開發法 |
| 독점 | 독점규제및공정거래에관한법률 |
| 디자인보호 | 디자인보호법 |
| 령(영) | 大統領令 |
| 마약 | 마약류관리에관한법률 |
| 모자 | 모자보건법 |
| 문화예술진흥 | 문화예술진흥법 |
| 문화재 | 문화재보호법 |
| 물가안정 | 물가안정에관한법률 |
| 민 | 민법 |
| 민감정보고유식별정보 | 민감정보및고유식별정보처리근거마련(정비)을위한일부개정법령등 |
| 민소규 | 민사소송규칙 |
| 민방위 | 民防衛基本法 |
| 민부 | 民法附則 |
| 민사소송비용 | 민사소송비용법 |
| 민사조정 | 민사조정법 |
| 민소 | 민사소송법 |
| 민집 | 민사집행법 |
| 민집규 | 민사집행규칙 |
| 반도체 | 반도체집적회로의배치설계에관한법률 |
| 발명 | 발명진흥법 |
| 방문판매 | 방문판매등에관한법률 |
| 벌금 | 벌금등임시조치법 |
| 범죄피해자구조 | 犯罪被害者救助法 |
| 법 | 法律 |
| 법령 | 法務部令 |
| 법령등공포 | 법령등공포에관한법률 |
| 법령서식개선 | 법령서식개선등을위한일부개정령 |
| 법령용어정비 | 어려운법령용어정비를위한일부개정령등 |
| 법률구조 | 법률구조법 |
| 법률용어정비 | 법률용어 정비를 위한 일부개정법령 |
| 법원공무원 | 법원공무원규칙 |
| 법원조직 | 법원조직법 |
| 법정공고방식확대 | 법정공고 방식 확대를 위한 일부개정법령 |
| 변리사 | 변리사법 |
| 변호사 | 변호사법 |
| 병역 | 병역법 |
| 보복령 | 保健福祉部令 |
| 보험 | 보험업법 |
| 보호관찰 | 보호관찰등에관한법률 |
| 본적삭제일부개정령 | 서식중본적란삭제를위한일부개정법령등 |
| 부 | 附則 |
| 부가세 | 부가가치세법 |
| 부동산가격공시감정평가 | 부동산가격공시및감정평가에관한법률 |
| 부동산중개 | 不動産仲介業法 |
| 부등 | 부동산등기법 |
| 부등규 | 부동산등기규칙 |
| 부정경쟁 | 부정경쟁방지및영업비밀보호에관한법률 |